AF186899

Herstellung und Verlag:
BoD – Books on Demand, Norderstedt
ISBN: 978-3-7519-0614-2

Edie Kramer

Das 14. Kind

Roman

I

»Heimat ist etwas Verlorenes, hat mit
Erinnerungen zu tun, mit Kindheit, mit den
frühen Erfahrungen, die ein Mensch macht,
und ist etwas, was man als Erwachsener
immer auf sehnsüchtige Weise sucht.«

Edgar Reitz

In den amtlichen Nachrichten der Gmünder Rems-Zeitung wird im Juli 1889 die Geburt von Anna Rauscher, dem 14. Kind des Gold- und Silberwarenhändlers Johann Rauscher und seiner Frau Elisabeth geb. Lehmann vermeldet.

*

Am 12. Juli, es ist ein schwülwarmer Sommerabend, gleitet die kleine Anna als Hausgeburt, völlig unkompliziert, aus dem Schoß ihrer Mutter – die erfahrene Hebamme wird kaum gebraucht –, während der Vater am Marktplatz im Wirtshaus Bier trinkt und mit anderen Mitgliedern seiner Zunft schafkopft. Noch bei jeder anstehenden Geburt in seinem Haus hat er das Weite gesucht. Kinderkriegen ist Weiberkram, es reicht ihm, dass er die Mäuler stopfen muss.

Als er kurz vor Mitternacht das Schlafzimmer seines Hauses in der Augustinerstraße betritt, das kleine Bündel neben seiner schnarchenden Ehefrau liegen sieht, seufzt er kurz, löscht das Licht der kleinen Stehlampe, schließt die Tür hinter sich und entscheidet, dass dies das letzte seiner Kinder sein soll.

»Jetzt ist Schluss! Ein für alle Mal!«, brummt er vor sich hin.

Für seine Lust gäbe es schon eine Lösung, da hat er keine Sorge. Schluss mit »Seid fruchtbar und mehret euch«. Enthaltsamkeit aus Rücksicht auf die Gesundheit der Ehefrau, das akzeptierten die Pfaffen so halbwegs. Elisabeth würde vermutlich nichts vermissen. Er schläft in dieser und allen künftigen Nächten in der ehemaligen Dienstbotenkammer. Seitdem die älteren Töchter im Haushalt ordentlich mit anpacken können, ist die Dienstmagd in andere Hände vermittelt worden. Das Zimmer steht leer. Er wird sich dort oben behaglich einrichten. Schluss mit dem Genörgel über sein Schnarchen. Den Muttermilchgeruch hat er auch satt.

Johann Rauscher hat in der ältesten Stauferstadt des Reiches, der Stadt am Fuße der Schwäbischen Alb, im Arenhaus sehr erfolgreich seine Lehre als Goldschmied absolviert. Drei Jahre hat er bei einem Goldschmied am Münsterplatz gearbeitet, bevor er ein eigenes Geschäft in der Bocksgasse eröffnete. Er ist stolz auf seine schmucke Heimatstadt, die bereits seit den Gründerjahren des Deutschen Reiches einen herausragenden Platz in der Silberverarbeitung innehat. Es erfüllt ihn mit Genugtuung, sich einen Namen gemacht zu haben. Er hat es geschafft, er ist eine Persönlichkeit in Gmünd. Sein Vater arbeitete bis zu seinem plötzlichen Herztod vor ein paar Jahren als einfacher Silberarbeiter bei der Ott-Pauserschen Fabrik.

Ab und an gönnt er sich eine Fahrt nach Stuttgart, wo er einen neuen Anzug schneidern lässt, genießt einen oder zwei Tage ohne Kindergeschrei und das Gemecker seiner Frau und überlässt das Geschäft seinem Angestellten, dem Herrn Fassbender. Er fertigt selbst nur noch gelegentlich Schmuckstücke an, lieber kauft er hervorragende Gold- und Silberwaren bei anderen Mitgliedern seiner Zunft und hat sich zusätzlich auf den Verkauf von Uhren aller Art spezialisiert. Das Geschäft läuft gut, aber ständig steht im Haus eine Reparatur an. Irgendein Kind braucht immer neue Schuhe. Und ein Prinzip im Hause Rauscher lautet: Kleidung wird von den Kleinen aufgetragen, Schuhe niemals. Und um Elisabeth bei Laune zu halten, muss er für ihre großbürgerlichen Extravaganzen oft tief in die Tasche greifen.

Nach der Geburt von Ernst, dem zweitjüngsten Kind, vor nur eineinhalb Jahren ließ sie Tapeten aus dem Elsass kommen und Wohn- und Esszimmer sowie das Schlafzimmer neu dekorieren. Ihm waren die alten Biedermeiertapeten der Vorbesitzer gut genug gewesen.

Das Leben seiner Frau verläuft nicht, wie sie es sich erhofft hat – da hat er keinen Zweifel. Da gibt es keine verträumten Nachmittage am Klavier oder Reisen nach Wien oder Rom. Einmal im Jahr besuchen sie mit den beiden jüngsten Kindern ihre Eltern in Dresden. Der Schwiegervater, ein pensionierter Lehrer, ist ein umgänglicher Mann. Seine Ehefrau, sehr an Frauenrechten interessiert, trägt es ihrem Schwiegersohn nach, dass er ihrer Tochter ein Kind nach dem anderen macht. Sie lässt ihn spüren, dass sie ihn für primitiv hält und spart auch nicht mit sarkastischen Kommentaren, was seine Unkenntnis in Sachen Verhütung anbelangt. Dem gläubigen Katholiken Johann Rauscher ist es bisher nicht in den Sinn gekommen, den gottgewollten Kindersegen zu verhindern. Aber mit Anna soll jetzt Schluss sein.

*

Die kleine Anna wächst schnell zu einem verständigen Kind heran. Sie sitzt gerne in der Küche und schaut der Mutter und ihren älteren Schwestern beim Spätzlemachen oder beim Maultaschenfüllen zu. Schon mit zwei Jahren kann sie Linsen von kleinen Steinchen säubern, sie genießt es, etwas

Nützliches zu tun und dafür gelobt zu werden. Aber sie liebt es noch mehr, gemeinsam mit der Mutter, in dem schweren Tapetenbuch zu blättern und mit ihren Fingerchen über die feinen Seiden- und Brokatstoffe zu streichen. Die Mutter freut sich, in ihrer jüngsten Tochter endlich eine Verbündete gefunden zu haben.

Und Anna teilt eine weitere Leidenschaft ihrer Mutter: die Marktbesuche. Jeden Mittwoch und Samstag findet auf dem Münsterplatz der Grüne Wochenmarkt statt. Bauern aus der Umgegend verkaufen ihre Erzeugnisse und Anna lernt von der Mutter, wo es die besten Eier, die schmackhaftesten Hühner und Vaters Lieblingskartoffeln gibt. Wie man einer Forelle über den Bauch streicht um zu fühlen, ob sie auch wirklich frisch ist. Die Mutter spricht unentwegt zu ihr, Anna saugt alles begierig auf, nichts entgeht ihr.

Nach dem Marktbesuch heißt die Mutter ihre älteren Töchter, den Einkauf nach Hause zu bringen und mit den Vorbereitungen für das Mittagessen zu beginnen, um mit ihrer Jüngsten im besten Café der Stadt noch eine Schokolade zu trinken. Den älteren Schwestern gefällt diese Sonderbehandlung ganz und gar nicht, sie triezen Anna, wo sie nur können. Reißen ihr an den Zöpfen, wenn die Mutter nicht hinschaut, lassen ihre Haarschleifen oder Strümpfe verschwinden, sodass Anna wegen Schlamperei gescholten wird. Anna kommt es gar nicht in den Sinn, ihre Schwestern zu verpetzen, es ist einfach zu schön, allein mit der Mutter Zeit zu verbringen, den ganzen Trubel zu Hause zu vergessen. Die Kellnerinnen mit ihren Servierschürzen und Häubchen scharwenzeln um die Mutter herum.

»Was darf ich Ihnen bringen, gnädige Frau? Für das Töchterchen eine heiße Schokolade mit Sahne?«

Die Mutter gibt immer ein großzügiges Trinkgeld, Anna will das später auch so halten.

Solange Anna noch nicht zur Schule muss, darf sie morgens solange sie will im Bett liegen bleiben. Um sieben Uhr lauscht sie den Glocken der umliegenden Kirchen, die ihr kleines Herz mit Ehrfurcht und Freude füllen. Nie schlagen die Glocken gleichzeitig. Wenn sie die Haustür zuschlagen hört, die älteren Geschwister die Wohnung verlassen, schlüpft sie in ein Paar Filzpantoffeln und in einen himmelblauen Morgenmantel, der fast bis zum Boden reicht, und rennt hinunter in die Küche. Sie küsst die Mutter auf beide Wangen und freut sich auf einen schönen heißen Kakao und ein Milchbrötchen mit Butter.

Jeden Oktober, zum Gmünder Krämermarkt, kommt Tante Hedwig aus Rosenheim zu Besuch. Die Kinder müssen noch enger zusammenrücken, denn sie besteht auf einem Zimmer für sich allein. Anna würde gerne mit ihr in einem Zimmer schlafen, die Tante erzählt unglaubliche Geschichten. Sie weiß nicht so genau, ob Tante Hedwig eine Tante oder eine Cousine ihres Vaters ist. Sie ist verwitwet, voller Falten im Gesicht und redet bei Tisch ohne Pause.

Annas Lieblingsgeschichte ist die vom Besuch der Tante im Schloss Neuschwanstein. Sie wollte diese Märchenburg nach dem Tod König Ludwigs besichtigen. Das Schloss war gerade für die Öffentlichkeit geöffnet worden. Angeblich hatte Tante Hedwigs Vater dem Ludwig Geld geliehen und der hatte nicht zurückgezahlt. Also verlangte die Tante freien Eintritt.

»König Ludwig hat 7,5 Millionen Gulden Schulden gemacht, um sein Märchenschloss zu finanzieren. Als hätte er nicht schon genug Geld verpulvert! Nein, nachdem er die Kabinettskasse geplündert hatte, musste er auch noch Anleihen aufnehmen! Und mein armer Vater ist so dumm und leiht ihm Geld. Und ich soll jetzt Eintrittsgeld zahlen!«

Bei jedem Besuch in Gmünd beschreibt die Tante erneut – und sie fuchtelt dabei wild mit den Armen herum – ihren Auftritt an der Kasse des Schlosses. Sie hielt den ganzen Betrieb auf. Eine Riesenschlange bildete sich, weil sie so lange auf die Bediensteten einschrie, bis sie schließlich weggeführt wurde. »Niemals werde ich Geld ausgeben, um dieses Protzschloss von innen zu sehen!«, schimpft sie voller Empörung.

Anna hängt der Tante an den Lippen und fürchtet gleichzeitig um die Bleikristallgläser, die in Reichweite der Tante stehen. Sonst herrscht immer absolute Stille bei Tisch, darauf besteht der Vater, auch wenn er selbst schmatzt und gelegentlich sogar rülpst. Aber Tante Hedwig hat er noch nie zurechtgewiesen.

Wenn es nach Anna ginge, könnte die Tante viel öfter zu Besuch kommen. In der Schule hat Anna gelernt, dass Gmünd seit 1566 Jahrmärkte abhalten darf, es gibt einen im Frühling und einen im Herbst. Aber im Frühjahr fährt Tante Hedwig immer nach Meran. Der Krämermarkt zieht Publikum aus nah und fern an, sämtliche Zimmer der Gasthäuser sind zu diesen Zeiten belegt und abends findet man kaum einen Platz in den Wirtsstuben.

Was Anna auch an Tante Hedwig liebt: Sie ist großzügig, lädt die kleineren Kinder in den Flohzirkus und zu den Liliputanern ein, spendiert Magenbrot und türkischen Honig. Die Großen ziehen lieber allein los und freuen sich über das Taschengeld der Tante. Anna aber, immer an der Hand der

Tante, steht mit offenem Mund vor den Wohnwagen der Liliputaner und betrachtet die kleinen Menschen, die von Weitem aussehen wie Kinder und doch alte Gesichter haben, und ihre kleinen Möbel. Sie sucht auf dem Globus daheim im Herrenzimmer das Land Liliput. Die Mutter lacht bloß, als sie danach fragt.

Als Anna das erste Mal auf der Schiffschaukel sitzt, gegenüber ihrer Mutter und ihrem Lieblingsbruder Ernst, schaudert es sie. Sie klammert sich mit einer Hand fest an die grobe Metallkette, mit der anderen krallt sie sich an der Tante fest. Ihr Bruder besteht nur aus Lachen und Schreien. Er hat das gleiche feine, dunkelblonde Haar wie sie, das ihm ständig in die Augen fällt. Anna sieht die Häuser und Kirchen vorbeifliegen und wieder und wieder die blitzenden Augen ihres Bruders. Vor und zurück, vor und zurück. Ihr wird schwindelig, sie ist froh, als sie wieder festen Boden unter den Füßen hat. Aber das Bild ihres vor Glück schreienden Bruders hat sich fest in sie eingebrannt.

Die Jahrmarkttage vergehen wie im Flug und dann ist Tante Hedwig abgereist, wird erst im nächsten Jahr wiederkommen, um wieder von ihrem Besuch auf Schloss Neuschwanstein zu erzählen, als hätten die Rauschers die Geschichte noch nie gehört.

*

Die Jahre bestehen aus Ostern, Pfingsten, Fronleichnam, Weihnachten. Die Märkte kommen und gehen. Am Karfreitag wandert man hoch zu St. Salvator, im Herbst fährt die Familie zu Onkel Heinz zum Schlachtfest auf die Alb. Beladen mit Würsten und einem Sack Linsen kehren sie nach Gmünd zurück.

*

In der Schule sitzt Anna neben Else, die so ganz anders ist. Else stiehlt schon mal einen Apfel auf dem Markt, lügt ihre Mutter an und geht selten rechtzeitig nach Hause.

»Die Else ist kein Umgang für dich. Hübsch ist sie ja, mit ihrem Stupsnäschen, aber die Familie taugt nichts. Na ja, der Vater ist ein Tunichtgut. Lass es dir gesagt sein: Die Else endet mal als Flittchen!«, warnt die Mutter.

Anna spürt, dass die Else mehr sich selbst gehört, sie ist hin und her gerissen zwischen ihrer Bewunderung für die Freundin und der Angst, dass die Mutter recht haben könnte.

Dem Vater geht Anna aus dem Weg. Er ist sowieso selten zu Hause. Er riecht streng nach Tabak und Bier, und sie ekelt sich, wenn er schwer schnaufend spätabends die Treppe zu seiner Kammer hochsteigt. Sonntags in der Messe sieht sie zu, dass sie nicht neben ihm sitzen muss.

Wenn er einen ihrer Brüder mit einem Rohrstock schlägt, weil der mit zerrissener Hose nach Hause gekommen ist oder irgendwo beim Ballspiel eine Scheibe eingeworfen hat, spürt Anna jeden Hieb, als würde sie selbst bestraft. Sie hält dieses Sausen des Stockes auf den nackten Hintern, das Aufstöhnen und Schreien nicht aus, rennt ins Mädchenzimmer hoch, wirft sich aufs Bett und versucht, an etwas Schönes zu denken. Am schlimmsten ist es, wenn Ernst etwas ausgefressen hat und Prügel bezieht.

Der Vater geht morgens ins Geschäft, kommt zum Mittagessen zurück ins Haus und verschwindet nach seinem Mit-

tagsschlaf, wie immer im Dreiteiler, eine silberne Taschen-
uhr in der Weste, zurück in den Laden. Den Abend verbringt
er im Kreis seiner Zunftbrüder im Wirtshaus. Die Mutter
zieht sich immer mehr ins Nähzimmer zurück, überlässt den
Mädchen den Haushalt. Sie trauert um ihre Eltern, die beide
kurz hintereinander weggestorben sind.

»Jetzt komm ich nicht mal mehr nach Dresden«, beklagt
sie sich bei Anna, die nicht weiß, womit sie die Mutter
aufheitern könnte.

Anna hilft viel in der Küche. Mittags schabt sie Berge von
Spätzle vom Brett, sie kocht im Sommer dreierlei Gsälz aus
roten und schwarzen Johannisbeeren und Brombeeren, backt
jeden Samstag Apfel- und Streuselkuchen, wie sie es von der
Mutter gelernt hat. Ihre wunderbare Altstimme klingt oft
durchs Haus. Beim Singen ist sie ganz bei sich, ihr Kopf
wird dann so leicht und froh. Weihnachten darf Anna die
gemeinsam gesungenen Lieder anstimmen.

Die bei allen beliebte Gesangslehrerin Frau Steuber lobt
Anna jeden Dienstag während der Musikstunde.

»Ach Anna, aus dir könnte eine wunderbare Mezzo-
sopranistin werden!«

Wenn Anna abends die Bettdecke über den Kopf zieht,
damit sie das Geschnaufe ihrer Schwestern nicht hört, träumt
sie von ihrer Gesangsausbildung in Stuttgart, malt sich aus,
wie sie in wunderschönen Kleidern auf der Bühne steht und
man ihr zujubelt.

»Mutter, ich würd so gerne Sängerin werden!«

Anna schmiegt sich auf dem kleinen Biedermeiersofa an
die Mutter und atmet ihren sauberen Geruch nach Kölnisch
Wasser ein.

17

»Kind, schlag dir das aus dem Kopf. Dafür ist kein Geld da. Letzten Sommer erst haben wir deine Schwester Maria verheiratet. Was glaubst du, was das gekostet hat?«

Die Mutter seufzt, nimmt den Stickrahmen wieder auf, das Gespräch ist beendet.

*

1903 verlässt Anna mit einem tadellosen Zeugnis die Volksschule. Ernst besucht in Gmünd ein Lehrerseminar und wohnt weiter zu Hause. Franz wird Goldschmied in Pforzheim, Wilhelm ist im Priesterseminar – lebt seitdem im Kloster. Josef ist nach Berlin gezogen. Ein Bruder ist verschollen. Er ist nach Amerika gegangen und lässt nichts mehr von sich hören. Nur eine der älteren Schwestern, Louise, lebt noch in der Augustinerstraße. Alle anderen sind verheiratet und weggezogen. Dreimal ist Anna schon Tante geworden. Man sieht sich nur selten. Ab und an schicken die Schwestern Fotos, auf denen sie mit ihrem Ehemann, das Kind auf dem Schoß, alle stocksteif im Sonntagsstaat in die Kamera schauen. Anna vermisst sie nicht. Hauptsache, der Ernst bleibt ihr erhalten. Aber es ist still geworden im Haus. Die Eltern, die spät geheiratet haben, werden alt. Besonders die Mutter ist kränklich, die vielen Schwangerschaften haben sie ausgelaugt. Anna beschließt, niemals mehr als zwei Kinder zu bekommen. Am besten gar keine.

Eines Abends kommt der Vater mit düsterer Miene vom Geschäft nach Hause. Anna ahnt nichts Gutes. Er versammelt alle im Wohnzimmer und verkündet:

»Ich hab dem Fassbender gekündigt. Ich kann mir keinen

18

Angestellten mehr leisten. Die Leute kaufen immer mehr industriell produziertes Zeug. Die Lebensmittelpreise gehen in die Höhe. Es bleibt kaum noch etwas übrig vom Umsatz. Zur Ruhe setzen kann ich mich auch nicht. Da waren die Beerdigungskosten der Schwiegereltern, die Hochzeiten der Mädchen.«

Er atmet schwer und öffnet den Kragenknopf. Die Weste ist ihm zu eng geworden, die Knöpfe drohen abzuplatzen.

»Aber du kannst den Laden doch nicht alleine führen«, antwortet die Mutter. Sie sieht so grau aus, findet Anna. Vor allem ihre Augen wirken eingesunken und abgespannt.

»Nein, das werde ich auch nicht. Louise kann dir mit dem Haushalt zur Hand gehen. Anna wird mir im Laden helfen. Sie hat ein gutes Zeugnis, kann rechnen. Zwei Mädchen werden hier im Haus nicht mehr gebraucht!«

Anna fühlt sich überrumpelt. Ihr wird heiß, sie bringt kein Wort heraus. Es wäre ihr schon recht, aus dem Haus zu kommen, aber mit dem Vater den ganzen Tag allein im Laden zu verbringen? Wo sie sich nie wohl in seiner Gegenwart fühlt. Sie fasst sich ein Herz und fragt:

»Soll ich denn nicht erst Goldschmied lernen oder Buchhaltung?«

»Dafür ist keine Zeit und kein Geld da. Und überhaupt: Ein Mädchen heiratet sowieso. Ich bringe dir bei, was du wissen musst. Nächste Woche fängst du an!«

Er steht auf, nimmt seinen Stock und verlässt ohne ein weiteres Wort das Haus. Die Mutter seufzt, massiert sich die Nasenwurzel und sagt:

»Louise, Anna! Bereitet das Abendbrot zu. Wir bleiben in der Küche, der Vater wird im Wirtshaus essen!«

*

Am liebsten mag Anna die kleinen Preisschildchen be-
schriften und an Uhren und Schmuck hängen. Mit einem
Tintenfüller malt sie, die Zungenspitze zwischen den
Vorderzähnen, fein säuberlich die Zahlen. Ohne zu klecksen
und perfekt leserlich. Sie bedient die Kundschaft, macht am
Abend die Abrechnung. Sie dekoriert das kleine Schau-
fenster, poliert Silberwaren.

Der Vater hat ihr die Punzierungen erklärt, die ver-
schiedenen Uhrwerke erläutert. Er hat ihr gezeigt, wie Edel-
steine gefasst werden, und sie zeigt für diese diffizile Arbeit
die nötige Geduld und Genauigkeit. Sie weiß genau, dass
aus ihr eine gute Goldschmiedin werden könnte. Am liebsten
bedient sie Gmünder Damen, die für ihre Kinder zum
Geburtstag oder zur Kommunion kleine Goldkettchen oder
Ohrstecker kaufen. Oder Manschettenknöpfe für den Gatten.
Manchmal ist stundenlang nichts los, dann staubt sie die
Auslagen ab oder kümmert sich um die Buchhaltung.

Das tägliche Miteinander ist einfacher als befürchtet. Der
Vater sitzt meist in der Werkstatt. Er repariert Schmuck,
erledigt die Bestellungen. Eigenen Schmuck fertigt er immer
weniger. Am Mittag gehen sie nach Hause zum Essen. Sie
ruhen ein wenig und öffnen um 15 Uhr das Geschäft. Oft
geht der Vater schon vor Ladenschluss zu seinem Stamm-
tisch und überlässt das Abschließen seiner Tochter. Sie reden
nicht viel. Anna macht das nichts aus. Meist summt sie vor
sich hin, den Vater stört es nicht. Manchmal drückt er ihr
etwas Geld in die Hand, damit sie sich ein neues Kleid
kaufen oder zum Frisör gehen kann. Sie trägt ihr Haar jetzt
in der Mitte gescheitelt und hinten zu einem Dutt auf-

gesteckt. Die Mutter hilft ihr am Morgen, das dünne Haar zu frisieren. Schließlich muss sie den ganzen Tag über ordentlich aussehen.

Oft holt Ernst sie bei Ladenschluss ab, und sie bummeln über den Münsterplatz nach Hause. Manchmal drehen sie noch eine kleine Runde, gehen bis zur Rems und überqueren die Brücke am Josefsbach stadtauswärts. Er erzählt von seiner Lehrerausbildung, von seinem Plan, nach München zu gehen. Sie beneidet ihn wegen seines Studiums und es wird ihr ganz weh ums Herz, wenn sie daran denkt, dass er bald ihr Zuhause verlassen könnte.

»Ach, Ernstsche, wie kannst du nur nach München wollen, wir sind doch Schwaben.«

Er lacht, drückt sie an sich und gibt ihr einen Kuss auf den Scheitel.

»Annale, ich muss hier weg.«

»Nimm mich mit«, flüstert sie.

*

Und dann verändert sich alles ganz schnell.

An einem eiskalten Tag im Winter 1906 kommt der Vater nach einem Zunfttreffen am späten Nachmittag ins Geschäft zurück. Er stinkt nach Bratfett und Schnaps, sein Hut sitzt schief. Er verschwindet mit schweren Schritten wortlos in die Werkstatt.

Anna bedient gerade eine anspruchsvolle Kundin, die eine goldene Armbanduhr für ihren Ehemann zu Weihnachten sucht und sich nicht entscheiden kann. Plötzlich hört sie einen dumpfen Aufprall, danach herrscht Stille. Eine Stille, die Anna schaudern macht. Sie rennt in die Werkstatt, und da liegt Johann Rauscher am Boden, wie ein geschlachtetes Vieh, die Augen geöffnet, die Arme verdreht, sein Hut ist in eine Ecke gerollt. Erbrochenes läuft aus dem Mundwinkel. Anna lässt die Kundin stehen, rennt aus dem Laden und nach gegenüber zum Apotheker.

Der Vater ist tot. Er wird beerdigt. Anna führt den Laden bis Weihnachten weiter, dann bleibt er bis zum neuen Jahr geschlossen. Franz, der seine Ausbildung beendet hat, und seine frisch Angetraute kommen aus Pforzheim zurück und wollen den Laden übernehmen. Für Anna ist kein Platz mehr. Louise hat Heiratspläne, sie wird nach Wäschenbeuren ziehen. Ernst wird auch nicht bleiben.

Anna spürt, dass nichts mehr so sein wird, wie es war.

Eines Abends zieht die Mutter Anna neben sich auf das Sofa.

»Kind, du kannst nicht länger hier bleiben. Es ist kein Geld mehr da. Ich möchte Franz und seiner Frau nicht auf der Tasche liegen. Ich werde nach Berlin zu Josef und seiner Frau ziehen. Sie haben eine große Wohnung in Schöneberg und mir angeboten, bei ihnen zu leben.«

»Ich geh mit Ernst nach München.«

»Was stellst du dir vor? Er hat noch ein halbes Jahr bis zu seiner Prüfung, keine Stelle, keine Wohnung. Das kommt nicht in Frage. Du wirst eine Stelle annehmen. Die Tochter von Frau Gutzmaier, Else, du kennst sie ja aus der Schule, arbeitet in Wiesbaden in einem Hotel als Wäscherin. Die suchen noch Angestellte. Dort hast du Kost und Logis und einen Lohn. Ja, ich weiß, ich habe nie viel von der Else gehalten, aber sie arbeitet hart und unterstützt ihre Mutter, nachdem der Hallodri von Vater abgehauen ist.«

In Annas Ohren rauscht es, ihre Beine zitterten. Alles Vertraute löst sich auf. Das passt: die Mutter in einer großbürgerlichen Wohnung in der Reichshauptstadt, endlich kann sie Gmünd verlassen. Aber ist sie jetzt nicht viel zu alt für solch eine Veränderung?

Ihr Bruder Josef, schon immer ein Angeber, arbeitet seit Jahren als Kellner in Berlin. Mittlerweile im Horcher – einem gehobenen Restaurant. Der Vater kannte den ehemaligen Badener Weinhändler, der vor gut einem Jahr das Lokal in der Hauptstadt eröffnet hat, und er setzte sich dafür ein, dass sein Sohn im Horcher eingestellt wurde. Josef ist mit Emmi, Tochter einer wohlhabenden Familie, die einige Konditoreien und Cafés in Berlin betreibt, verheiratet. Sehr zum Unwillen des Brautvaters. Das hat er die Rauschers vor der Hochzeit ganz unverblümt wissen lassen.

»Ich soll alleine nach Wiesbaden? Weil die Else dort arbeitet, die für dich immer nur ein Flittchen war? Wieso nimmst du mich nicht mit nach Berlin? Da könnte ich auch eine Arbeit finden.«

Anna rollen Tränen über die Wangen. Sie wischt sich mit dem Handrücken die Nase.

»Das macht Emmi nicht mit. Und Josef kann sich da nicht durchsetzen. Wiesbaden ist eine schöne Kurstadt, es wird dir schon gefallen. Du kannst Mitte Januar im Hotel Nassauer Hof anfangen!«

Die Mutter steht auf, seufzt und verlässt das Wohnzimmer.

Annas Herz ist voller Angst. Alles ist beschlossene Sache. Ihre Welt in Gmünd zersplittert. Die Else hat sie seit dem Schulabschluss nicht mehr gesehen. Seitdem Elses Vater ohne Nachricht verschwunden ist, schlägt sich deren Mutter so durch.

Mit feierlicher Miene kommt die Mutter ins Zimmer zurück. In den Händen ein elegantes Etui aus Krokoleder, das sie Anna entgegenstreckt.

»Das ist für dich. Ist aus dem Laden. Der Vater hatte es für deine Aussteuer zurückgelegt. Es ist von Binder, die hübschen Sächelchen alle aus Silber. Schau, es hat sogar ein Maßband mit Automatik!«

Es ist ein teures Reisenecessaire. Scheren, Fingerhut, alles für die Nagelpflege. Anna greift nach dem Abschiedsgeschenk und stürzt schluchzend aus dem Zimmer. In dieser Nacht kann sie nicht schlafen. Sie betet wieder und wieder – wie als kleines Kind – zum lieben Gott und bittet um ein Wunder. Wie schön wäre es, zu Tante Hedwig zu ziehen. Aber die Tante ist aus ihrem Leben verschwunden. Sie ist nicht mehr richtig im Kopf. Vorbei ist es mit den Geschichten vom König Ludwig.

*

Annas Arbeitsschicht endet nach zehn Stunden. Sie hat gerne zu Hause bei der Hausarbeit geholfen, aber die Arbeit in der Hotelwäscherei ist eine einzige harte Plackerei.

»Sei froh, vor Kurzem haben wir noch zwölf Stunden geackert!«, meint Else, als Anna sich nach ihrem ersten Arbeitstag mit roten Händen und schmerzenden Gelenken auf ihr Bett in der Dachkammer fallen lässt.

Anna durchläuft sämtliche Stationen der Wäscherei: Waschlauge aus Soda und Seifenflocken anrühren, Kessel anheizen, die Kurbel der Waschrumpel drehen, die Walze zum Auspressen der Wäsche bedienen, Stärke ansetzen, bügeln. Da sie geschickt mit dem Gasbügeleisen umgehen kann, darf sie nach der Einarbeitung die feine Tischwäsche des Restaurants und die empfindlichen Zierkissenbezüge der Hotelzimmer bügeln. Sie mag den Stärkegeruch und betrachtet gerne die Stapel glänzender Servietten und Tischtücher, auch wenn am nächsten Tag alles wieder von vorne losgeht. Die Wäscherei ist im Keller des Hotels untergebracht. Nach der Arbeit schleppen sich die zehn jungen Frauen über den Dienstbotenaufgang in ihre beiden Dachkammern, waschen ihre Unterwäsche und Strümpfe aus, tratschen ein wenig, bevor sie vor Erschöpfung einschlafen und erst kurz vor dem Abendessen wieder munter werden.

Nach dem Dienstbotenessen bummeln sie oft noch über die Wilhelmstraße, betrachten die feinen Herrschaften, die ins Theater oder Casino gehen oder im Nassauer Hof speisen.

Am ersten Arbeitstag wurde Anna von der Hausdame darüber informiert, dass Dostojewski, ein berühmter russischer Schriftsteller, im Hause residiert hat, sein Geld im Casino verspielt und anschließend einen Roman darüber geschrieben hat. Auch Zar Nikolaus II. war Gast und so einige Millionäre, deren Namen Anna nichts sagten.

»Kaiser Wilhelm, unser Kaiser Wilhelm, hat 1897 vor unserem renommierten Haus ein Denkmal seines Vaters errichten lassen«, sagte die Hausdame mit Stolz und forderte von Anna, sich des guten Rufes des Hauses stets bewusst zu sein.

Das riesige, steinerne Denkmal war Anna als Erstes bei ihrer Ankunft aufgefallen. Sie fand es einschüchternd und düster, behielt ihre Meinung allerdings für sich. Überhaupt weiß sie nicht so recht, was sie von Wiesbaden halten soll. Die breiten Straßen, die Kurgebäude, das Theater, das alles ist faszinierend. Wenn sie die reichen Damen durch den

Kurpark flanieren sieht, fühlt sie sich klein und spürt, dass sie nicht dazugehört. Sie ist hier nicht die Tochter von Johann Rauscher, sie ist nur eine Wäscherin.

Oft fährt sie mit der Zahnradbahn auf den Neroberg, um von dort oben auf die Stadt zu schauen. Sie sieht den Kochbrunnen dampfen, das sieht aus, als koche ein Topf mit Spätzlewasser. Sie erkennt das Kurhaus und direkt gegenüber den Nassauer Hof. Dann stellt sie sich vor, sie wäre auf Durchreise in Wiesbaden, würde im Nassauer Hof wohnen und am Abend dort im Restaurant fein speisen.

Auch mit der Straßenbahn durch die Stadt zu fahren ist ein billiger Zeitvertreib. Sie betrachtet durch die Scheibe das Treiben der Menschen, denkt an zu Hause, sieht die Mutter mit ihrem Korb über den Markt gehen, hat den Geruch des frischen Bauernbrots in der Nase.

Else ist die einzige vertraute Person. Ein kleines Stück Heimat, auch wenn sie nie wirklich dicke Freundinnen waren. Sie schwatzen oft über Leute, die sie aus Gmünd kennen, aber Else denkt nur ans Heiraten und redet ständig über Männer und wie man sie an Land zieht. Else bleibt nach Feierabend oft im Sonntagsstaat in der Nähe des Hoteleingangs stehen und versucht, mit allein reisenden männlichen Gästen anzubandeln. Anna ist dieses Verhalten sehr unangenehm und sie findet, dass Else eine ziemlich oberflächliche Person ist. Else lacht nur, wenn Anna sie warnt, dass die Hausdame sie noch mal erwischen und sie dann rausfliegen werde. Dann erinnert sich Anna an die Prophezeiung der Mutter. Anna hat zwei recht elegante Kleider aus Gmünd mitgenommen, die hütet sie wie ihre Augäpfel. Die leiht sie auch nicht an die anderen Mädchen aus. In denen kann sie sich sehen lassen.

Am freien Sonntag geht sie gerne ins Café, gönnt sich ein Stück Torte, schreibt an die Mutter in Berlin und an Ernst, der als Lehrer in München eine Stelle bekommen hat, sich aber eine winzige Wohnung mit zwei Kollegen teilen muss.

»Gräm dich nicht, liebster Ernst, ich muss mir eine muffige Dachkammer mit vier Mädels teilen. Das ist nachts ein fürchterliches Geseufze und Geschnarche. Weitere Einzelheiten erspare ich dir. Ach, wären wir doch alle noch in Gmünd!«

Zu ihrem 18. Geburtstag lädt sie Else und die lustige Rosie aus Dresden ins Café Maldaner ein. Sie spendiert Marzipantörtchen und eine Tasse Mokka für jede. Anna trägt die dunkelblauen Seidenhandschuhe, die ihr die Mutter zum Geburtstag aus Berlin geschickt hat. So sieht man die Brandmale vom Bügeln nicht. Anna hat sich von ihrem ersten Lohn in der Apotheke eine Heilsalbe gekauft. Jetzt behandelt sie ihre Hände morgens und abends, aber kaum ist eine Brandblase abgeheilt, ist schon die nächste da.

»Lasst uns doch bald mal nach Mainz fahren. Da gibt es urige Weinlokale – es ist anders als hier!«, schlägt Rosie beim Schlafengehen vor.

»Aber es gibt nicht so viele Millionäre!«, meint Else.

Als wenn sich ein Millionär für dich interessieren würde, denkt Anna und schlüpft aus ihrem Kleid.

»Die Elektrische fährt seit kurzem von Biebrich aus bis nach Mainz. Aber wir könnten in Kastel aussteigen und über die Kaiserbrücke in die Stadt laufen.«

Rosie weiß immer über alles Bescheid, stellt Anna fest, hängt das gute Kleid auf einen Bügel und schlüpft unter ihre Decke. Sie hat sich angewöhnt, in Gedanken ein kurzes Gebet zu sprechen und schließt die Mutter und Geschwister in ihre Fürbitten ein. Dieses Ritual ist ihr ein Trost und hilft ihr einzuschlafen.

Als die drei jungen Frauen am Mainzer Dom vorbei durch die belebte Augustinerstraße spazieren, ist Anna plötzlich ganz wehmütig ums Herz. Da ist ein Sehnen in ihr, aber dann auch ein fröhliches Hüpfen. Die Fachwerkhäuser, das Kloster mit dem Priesterseminar, die engen Gassen, die Wirtschaften. Das ist nicht Gmünd, aber es ist ähnlich. Rosie war schon öfter hier, sie lotst die beiden Kolleginnen durch die Stadt. Es ist später Nachmittag. Ein strahlender Herbstsonntag. Kurz darauf sitzen sie in einem engen, holzgetäfelten Weinlokal in der Kapuzinerstraße vor einem Schoppen Riesling und prosten sich zu. Anna steigt der Wein direkt in den Kopf. Ihr ist leicht zumute.

»Los, wir essen Handkäs mit Musik. Ich lade euch ein.«

Rosie lacht übermütig und ruft die Kellnerin. Das Lokal ist recht dunkel, rappelvoll, es wird geraucht, gelacht, gezecht, dabei ist es noch nicht mal richtig Abend. Kurz sieht Anna ihren Vater in seiner vernebelten Lieblingswirtschaft vor einem Humpen Bier sitzen.

»Die Damen. Dreimal Handkäs.«

Vor ihr steht ein Teller mit einem hellen Taler, der in einer Marinade von Essig und Öl schwimmt, mit Zwiebeln und Kümmel, dazu gibt es Bauernbrot mit Butter. Anna nimmt eine Scheibe Brot aus dem Korb und riecht daran. Da ist der feuchte säuerliche Geruch. Ein Brot wie von zu Hause. Ein wohliger Schauer geht ihr durch den Körper.

»Rohe Zwiebeln, das kann ja heiter werden«, kichert Else und verteilt Besteck.

»Das ist die Musik«, weiß Rosie und schmiert sich schon Butter aufs Brot.

Am Nebentisch sitzen vier junge Männer und schielen lachend herüber. Sie prosten ihnen zu, dann stimmt der Hübscheste von ihnen einen Ton an und *Am Brunnen vor dem Tore* erfüllt den Raum. Sie singen zweistimmig, mit kräftigen Stimmen, andere Gäste fallen mit ein. Anna möchte heulen, so schön ist das. Der Ernst hat auch so eine schöne Stimme, sie hat oft mit ihm gesungen, nicht nur an Weihnachten. Sie nimmt einen großen Schluck Wein und greift nach ihrem Besteck. Das Lied verklingt, immer mehr Leute suchen einen Platz.

»Könnt ihr e bissje zusammerutsche?«

Die Wirtin dreht ihre Runde, begrüßt Bekannte, räumt dabei leere Gläser und Teller ab.

Die jungen Männer lassen sich das nicht zweimal sagen. Der hübsche Sänger rutscht auf der Bank dicht an Anna heran, die anderen rücken mit den Stühlen mit an den Tisch. Er trägt einen gut sitzenden Anzug aus leichter Wolle.

»Wie heißen Sie?«, fragt Annas Nachbar ohne Umschweife. Sein Tonfall hat etwas Vertrautes.

»Anna.«

»Männer! *Ännchen von Tharau*!«, gibt er das Kommando.

Anna weiß nicht, wohin mit sich. Sie liebt dieses Lied. Schon immer. Die Mundharmonika in der blauen Schachtel fällt ihr ein. Sie liegt in ihrem Koffer. Kein einziges Mal seit ihrer Ankunft in Wiesbaden hat sie gespielt.

Als der letzte Ton verklungen ist, gibt es Applaus von den Nachbartischen. An Annas Tisch herrscht eine kurze Stille, bevor alle nach ihrem Glas greifen.

»Dürfen wir die Damen noch auf ein Glas einladen?«, fragt einer der Sänger.

»Damen!«

Else kichert schon wieder und stößt Anna in die Rippen. Die drei Ausflüglerinnen schauen sich an. Anna zuckt mit den Schultern.

»Wir müssen bald aufbrechen. Wir wohnen in Wiesbaden«, antwortet sie schließlich.

»Dann vielleicht noch ein Piffche?«

Anna und Else schauen fragend die Kellnerin an. Rosie antwortet für ihre Freundinnen mit.

»Ja, gut. Danke.«

Annas Nachbar nimmt plötzlich ihre rechte Hand in seine und legt die andere Hand darüber, als hätte er einen Frosch gefangen, den er auf keinen Fall wieder rauslassen will. Er hat kräftige, gepflegte Hände. Ohne jede Warnung beginnt sich das ganze Lokal in Annas Kopf zu drehen. Begegnungen mit unbekannten Männern, Zärtlichkeiten gar, sind kein Teil ihrer Träume. Ein Leben mit Ernst in München, eine helle Wohnung mit schönen Möbeln – davon fantasiert sie tagsüber beim Bügeln. Sie befreit ihre Hand, schweigt.

»Würden Sie mal mit mir spazieren gehen? Ich komme auch nach Wiesbaden. In zwei Wochen müssen wir nach Wilhelmshaven. Wir haben uns zum Dienst bei der Marine verpflichtet – bevor wir am Ende zum Heer eingezogen werden. Wenigstens ein bisschen was von der Welt sehen, wenn man schon zum Militär muss. Tun Sie mir den Gefallen.«

Er hat Haare, so dicht, als hätte er eine Kappe auf. Die Kellnerin kommt und bringt die kleinen Gläschen Wein. Seine Augen schauen sie ernst und freundlich an. Er wartet auf eine Antwort.

»Sind Sie Schwabe?«

»Hört man das? Ich bin aus Bächingen, bei Ulm.«

Ein Schwabe, aber vom Land. Sie möchte jetzt gehen, raus an die Luft, selbst bügeln würde sie lieber, als weiter hier zu sitzen.

»Nächsten Sonntag, 15 Uhr, vor dem Kaiser-Wilhelm-Denkmal? Bitte, machen Sie mir die Freude. Ich heiße Friedrich, Fritz.«

Sie schüttelt den Kopf.

»Ich weiß nicht.«

»Ich werde da sein.«

Else erzählt gerade von Gmünd. Anna hört nur halb zu, sie drängt zum Aufbruch.

Das Café Maldaner ist laut und verqualmt. Jeder Tisch ist besetzt. Die Kellnerinnen in ihren Schnürschuhen eilen von der Theke zu den Tischen. Tragen Geschirr ab, schleppen schwere Tabletts mit silbernen Kaffeekännchen und Kuchentellern.

»Marzipantorte ist aus«, ruft eine ihren Kolleginnen zu.

Anna und Fritz sitzen mitten im Stimmengewirr. Morgen muss er nach Wilhelmshaven aufbrechen. Er ist kein großer Unterhalter, aber Anna fühlt sich recht wohl in seiner Gegenwart. Außer der Liebe für Volkslieder und Operetten haben sie kaum Gemeinsamkeiten entdeckt. Trotzdem hat sich Anna ein zweites Mal mit ihm verabredet. Besser als das dämliche Geschwätz von Else und Rosie zu ertragen. Fritz ist Schneider und auf der Walz von Ulm nach Norden in Mainz hängengeblieben. Außerdem ist er evangelisch und politisch der SPD zugeneigt. Die Mutter wäre entsetzt.

»Ich werde dir schreiben.«

Anna nickt.

»Lass uns gehen. Ich bekomme allmählich Kopfschmerzen.«

»Gut. Ich bringe dich noch zum Hotel zurück.«

Draußen hängt sich Anna bei ihm ein. Er trägt einen gut sitzenden braunen Anzug – selbstgeschneidert. Man kann sich mit ihm sehen lassen. Am Nassauer Hof geht alles ganz schnell. Fritz versucht, sie zum Abschied zu umarmen. Sie weicht aus, macht einen Schritt zurück, sodass er nur ihre Hand zu fassen bekommt.

»Anna, ich bin dir gut, auch wenn wir uns kaum kennen.«

Er drückt einen Kuss auf ihren Handrücken, lässt die Hand los. Mit einem »Adé« dreht er sich um und stürmt davon. Anna ist enttäuscht und erleichtert zugleich. Jetzt wird er erstmal Monate oder länger auf See sein.

Anna spielt wieder Mundharmonika, oft nach Feierabend auf ihrem schmalen Bett sitzend. Manchmal geht sie durch den Kurpark, wandert noch weiter Richtung Sonnenberg, setzt sich auf einen Baumstamm und spielt für sich und die Vögel. Fritz schreibt ihr regelmäßig. Die kurzen Grüße sind wochenlang unterwegs, bis sie bei ihr eintreffen. Sie hat ihm eine Ansichtskarte von Wiesbaden geschickt.

Die Mädchen in der Wäscherei kommen und gehen. Rosie hat einen Postbeamten geheiratet und lebt jetzt wieder in Dresden. Else spricht ständig davon, dass es Zeit wird zu heiraten, und hält nach dem passenden Mann Ausschau. Und sie fragt Anna Löcher in den Bauch wegen Fritz.

»Magst du ihn denn? Er ist schon flott.«

Den Traum von einem Leben mit Ernst hat Anna vorerst aufgegeben. Bisher musste er noch nicht seinen Militärdienst antreten, aber das wird kommen. In seinen Briefen reagiert er ausweichend und ignoriert ihre Pläne, nach München zu kommen. Dass er mittlerweile eine eigene Wohnung mit einem Freund teilt, das hat sie schon gekränkt.

Sie muss an sich selbst denken. Vielleicht ist Fritz keine schlechte Wahl. Er ist umgänglich, trinkt nicht übermäßig, kleidet sich gut, hat eine schöne Stimme. Er könnte seinen Meister machen und sie könnten gemeinsam eine Maßschneiderei in einer guten Gegend eröffnen. Zwei, drei Angestellte in der Werkstatt, sie empfängt die Kunden, erledigt das Geschäftliche. Das ewige Bügeln kann sie mittlerweile kaum noch ertragen. Das Leben unterm Dach auch nicht. Eine eigene Wohnung, schöne Möbel – ein freies Leben.

»Zeig mal her!«

Else reißt Anna das Foto aus der Hand. Fritz steht hinter einer Reihe sitzender Matrosen, davor sitzt einer am Boden und hält eine Tafel, auf der »Weihnachten 1912 Tsingtau China« steht. Er trägt eine weiße Matrosenjacke.

»Der da würde mir gefallen. Weißt du, wie der heißt? Dem würde ich gerne schreiben.«

Else deutet mit dem Finger auf einen Kameraden von Fritz mit riesigem gezwirbelten Schnurrbart und dunkler Jacke.

»Aber China, das ist doch am Ende der Welt!«

Ihre Begeisterung ist schon wieder erloschen. Anna nimmt das Bild an sich. Sie versucht sich vorzustellen, wie es ist, wenn man durch diese deutsche Kolonialstadt voller Chinesen geht. Es gibt zwar eine evangelische Kirche, eine deutsche Brauerei, Bäckereien, Gebäude, die aussehen wie hier, aber die Gerüche sind doch anders, die Einheimischen

fremd. Fritz gefällt es dort. Es ist das Abenteuer, das er gesucht hat. Im Brief fragt er, ob sie sich mit ihm verloben
möchte. Und bei seinem nächsten Heimaturlaub würde er
gerne heiraten.

*

Im Mai 1914 heiraten sie. Je näher das Datum der Ehe-
schließung herangerückt, desto deutlicher wird es Anna bewusst, dass sie sich nicht wirklich darauf freute. Sie will auf
jeden Fall ein eigenes Heim, weg von der harten Arbeit im
Hotel, und sie gibt sich oft Tagträumereien über ihre gut-
bürgerliche Zukunft als Frau eines Schneidermeisters mit
eigener Werkstatt hin, geachtet von Kunden und Nachbar-
schaft.

Fritz hat zwei Wochen Heimaturlaub. Anna hat die Mutter
und den Lieblingsbruder eingeladen. Aber Ernst ist beim
Heer und bekommt keinen Urlaub. Die Mutter schreibt, dass
ihr die Anreise zu beschwerlich sei. Fritz hat seiner Familie
geschrieben, erwartet aber nicht, dass jemand von ihnen an
den Rhein reist, denn die Eltern und Geschwister haben sich
noch nie mehr als 50 Kilometer von ihrem Zuhause entfernt.

Else ist Annas Trauzeugin und Wilhelm, ein Kamerad von
Fritz, sein Trauzeuge. Sie heiraten standesamtlich in Mainz,
Fritz in seiner dunklen Matrosenjacke, Anna in einem
grauen hochgeschlossenen Kleid. Sie trägt eine eng am Hals
anliegende Perlenkette – ein Geschenk von Fritz aus China.
Die ganze Angelegenheit gerät nicht besonders feierlich. Der
Standesbeamte leiert seinen Sermon herunter, sie unter-
schreiben und sind schon wieder draußen. Die nächsten
Paare warten bereits.

»Das ist ja wie in einer Fabrik hier, heiraten am Fließband!«, meint Else spöttisch.

»Was soll das denn sein? Ein Fließband?« Anna schaut Else skeptisch an.

»Auch ich lese manchmal eine Zeitung. Das ist in Amerika erfunden worden. Da läuft ein Band und die Männer bauen Autoteile zusammen. Jeder macht nur ein paar Handgriffe, immer wieder die gleichen.«

»Das stelle ich mir schrecklich vor«, antwortet Anna und schaut Fritz an.

Der schaut auf die Uhr und mahnt zur Eile.

»Wir müssen los. Unser Termin beim Fotografen. Vielleicht geht es da auch so zu wie hier auf dem Standesamt.«

Sie schaffen es pünktlich zum Atelier Ranzenberger. Wilhelm und Else drehen Runde um Runde um den Block, während das Brautpaar sich hauptsächlich für die nicht anwesenden Verwandten fotografieren lässt. Anna ist heilfroh, als die ganze Prozedur vorbei ist. Kopf hierhin, Hand dahin, Lächeln, Lächeln.

Anschließend bummeln sie zu viert in die Altstadt. Im Weinhaus *Zum Beichtstuhl* – wo sie sich kennengelernt haben – ist ein Tisch für die kleine Hochzeitsgesellschaft reserviert. Sie essen Rippchen mit Sauerkraut, trinken Riesling dazu. Anna hätte sich ein Essen in einem feinen Restaurant in Wiesbaden gewünscht, aber dafür ist das Geld zu knapp.

»Schade, dass niemand von der Familie gekommen ist. Ich hätte so gerne deine Mutter wiedergesehen!«, sagt Else leise zu Anna.

Anna seufzt, nimmt einen Schluck Wein und antwortet:

»Wenn wir kirchlich, ich meine katholisch, geheiratet hätten, wäre sie sicher gekommen. Sie nimmt es mir übel, dass ich evangelisch geworden bin und, falls der Klapperstorch uns was Kleines bringen sollte, das Kind evangelisch getauft würde. Für sie ist das hier keine Hochzeit und ich werde ewig in der Hölle schmoren. Ich bin exkommuniziert.«

Sie wundert sich, wie wenig ihr das ausmacht, wo sie doch so ein frommes Kind war.

»Ja, deine Mutter war schon immer sehr streng katholisch.«

»Und fährt das frischvermählte Paar morgen nach Venedig?«, flachst Wilhelm. »Mit meiner Künftigen werde ich mit Sicherheit eine tolle Hochzeitsreise machen!«

Er schielt zu Else hin, der er ganz offensichtlich imponieren will. Anna gefällt seine Großspurigkeit nicht. Er scheint ständig unter Hochspannung zu stehen, wirft sich in die Brust, lächelt anzüglich, zwirbelt seinen Schnurrbart. Aber Else hängt an seinen Lippen.

»Wir fahren übermorgen nach Bächingen. Ich möchte Anna meinen Eltern vorstellen.«

Fritz antwortet nüchtern und drückt Annas Hand.

»Wir bleiben ein paar Tage, schauen uns vor der Rückreise Ulm an, und dann gibt es noch viel in der Wohnung zu tun, bevor es für mich zurück nach Kiel geht.«

*

Anna hat eine Wohnung in der Mainzer Neustadt gefunden. Das Gebäude in der Illstraße ist von 1905, die kleine Wohnung liegt im ersten Stock. Sie besteht aus zwei Zimmern, Küche, Speisekammer und einer Toilette auf halber Treppe. Im Keller befindet sich eine gemeinschaftliche Waschküche. Im Hof kann man Räder abstellen und Wäsche trocknen. Ein mickriger Fliederbusch kümmert an einer Klinkermauer vor sich hin. Er bekommt kaum Sonne ab. Aber gerade dieses kleine Fleckchen hat es Anna sofort angetan.

Vom Haus aus sind es nur ein paar Minuten bis zum Rhein runter. Anna hat einige gebrauchte Möbel aufgetrieben. Am besten gefällt ihr das samtgrüne Sofa und eine Stehlampe mit schwerem Messingfuß. Die Gardinen hat sie selbst genäht, ein Mädchen aus dem Nassauer Hof hat ihr geholfen und das Nähgarn besorgt. Vermutlich geklaut. Anna wollte es nicht so genau wissen.

Fritz hat gestern den Mietvertrag unterschrieben. Sie ist froh, dass der Hausbesitzer ihr die Wohnung überlassen hat, obwohl Fritz nicht sofort seine Unterschrift leisten konnte.

»Für einen Diener der kaiserlichen Marine und sein künftiges Frauchen, da mache ich doch gerne eine Ausnahme«, hat der Herr Keller jovial gemeint und seine feuchte Pranke auf Annas Arm gelegt.

In der Nebenwohnung wohnt eine Toni Blumenthal. Anscheinend allein. Anna hat sie im Treppenhaus getroffen. Eine redselige, quirlige Person, die gerne große Hüte trägt. Ein Grammofon besitzt sie auch. Als Anna die Gardinen aufhängte, war Mozarts Zauberflöte von nebenan zu hören.

Anna wird schwindlig, wenn sie daran denkt, dass sie heute zum ersten Mal eine Nacht mit Fritz verbringen wird. Sie stellt sich vor, wie sie in ihrem langen Nachthemd im Bett liegt, und wird ganz steif vor Angst. Mehr als ein paar ungeschickte Küsse haben sie bisher nicht getauscht. Wenn es nach ihr ginge, könnte das auch so bleiben.

»Trinken wir noch ein Piffche?«, fragt sie in die kleine Runde.

37

Wilhelm hat gerade einen Witz gemacht und Else lacht übertrieben.

»Lass bloß die Finger von dem. Der taugt nichts. Eitel und egoistisch ist der. Das seh ich auf den ersten Blick!«, zischt Anna Else zu.

*

Im Frühsommer darauf sitzt Anna – die drei Monate alte Marie auf dem Schoß – mit Else und Toni Blumenthal vor dem fast verblühten Fliederbusch im Hof. Mainz ist ihr ganz schnell zur neuen Heimatstadt geworden. Sie liebt den Weg zum Markt, den Rheinspaziergang mit Kinderwagen, den Blick auf den Dom. Sogar den Dialekt saugt sie auf wie ein Schwamm.

Es ist ein lauer Nachmittag, ein wenig Sonne fällt noch auf die jungen Frauen. Auf einem klapprigen Holztisch stehen leere Kaffeetassen. Else schaukelt wie in Trance einen Korbkinderwagen, in dem der kleine Johann schläft. Ab und zu schnieft sie und fährt sich mit dem Handrücken über die Nase.

»Ach Kindchen, nimm es nicht so schwer. Du kommst schon drüber weg.«

Toni tätschelt Elses Hand und stimmt *Die Männer sind alle Verbrecher* an. Else heult laut auf und Marie fängt an zu weinen.

»Beinahe wäre sie eingeschlafen. Else, jetzt reiß dich doch zusammen. Du wolltest ihn ja unbedingt. Sei froh, dass er dich wenigstens geheiratet hat.«

Anna wiegt die kleine Marie, ihre Stimme klingt ungehalten. Ihre Brustwarzen schmerzen. Das Stillen ist ein ewiger

Kampf. Nur wird Muttermilch umsonst von der Natur geliefert, und das ist wichtig in diesen Zeiten.

»Sch, sch. Die Tante Else ist halt traurig. Schlaf schön weiter!«

»Haut der Hallodri einfach ab. Wer weiß, wo der hin ist. Vermutlich wird der arme Johann seinen Vater nie kennenlernen! Einen Deserteur!«, jammert Else.

»Nicht so laut! Die alte Kuh von Hausmeisterin hängt schon wieder am Fenster. Das muss die doch nicht wissen.«

Toni reicht Else ein Stofftaschentuch und lächelt ihr zu.

»Wer will mich denn jetzt noch mit Kind?«, schiebt Else leise hinterher und putzt sich die Nase.

»Wenn der Krieg vorbei ist, dann meldest du ihn als vermisst und irgendwann wird er für tot erklärt. Du kannst behaupten, dass er auf einem Marineschiff mit Mann und Maus untergegangen ist. Da fragt doch niemand mehr so genau«, meint Anna und schielt zum Fenster der Hausmeisterin hin. Sie sieht gerade noch, wie die Kretschmer die Gardine loslässt.

»Hat er nicht auch ein bisschen recht? Wer weiß, wie lange der Krieg dauert. Das abenteuerliche Leben auf See ist doch jetzt vorbei.«

»Aber ein Kind machen und dann im Stich lassen?«

Anna wundert sich immer wieder über Toni. Sie hat zu allem eine Meinung, mit der sie auch nicht hinterm Berg hält. Gegen den Krieg war sie auch von Anfang an.

Viele Mainzer waren anfangs sehr euphorisch, jetzt, wo es immer weniger zu essen gibt, die Verlustlisten länger und länger werden, hört man weniger begeisterte Stimmen. Über die Einquartierungen von Soldaten freut sich auch kaum noch jemand. Mainz ist Haupttruppenstation. Anna ist froh, dass sie bislang davongekommen sind. Auch Toni kann weiter allein wohnen. Vielleicht findet die Verwaltung es nicht passend, Soldaten bei einer alleinstehenden Frau einzuquartieren.

Marie und Johann sind mit drei Tagen Abstand zur Welt gekommen. Anna hatte Else gewarnt, sie solle die Finger vom Wilhelm lassen. Aber wenn der Else ein Kerl gefiel, dann war jeder Einwand sinnlos. Als Else merkte, dass sie schwanger war, hat sie dem Wilhelm geschrieben. Sie wurden per Fernheirat getraut: Else saß hier auf dem Standesamt und Wilhelm auf dem Marineschiff vor seinem Kapitän. Vor ein paar Tagen bekam Anna einen Brief von Fritz, in dem stand, dass der Wilhelm sich in China abgesetzt habe. Vermutlich hat er auf irgendeinem Frachter illegal angeheuert und versucht, nach Südamerika zu kommen. Laut Fritz wollte er schon immer nach Buenos Aires. Die Drecksarbeit auf dem Schiff samt schlechter Bezahlung hing ihm zum Hals heraus. Und der Krieg erst! Dabei ging es den Männern bei der Marine im Ostasiengeschwader noch ganz gut – wenn man an das Gemetzel in Frankreich und Flandern dachte. Sie müssten Handelswege sichern, schreibt Fritz.

Anna seufzt schwer, denkt an Ernst. Sie schließt kurz die Augen, sieht ihren Bruder lachend auf der Schiffschaukel. Es kommt ihr vor, als läge der Kirmesbesuch ein Jahrhundert zurück. Was gäbe sie darum, wieder ein unbeschwertes Kind zu sein.

Sie hat seit Wochen nichts mehr von Ernst gehört. Von der Mutter weiß sie, dass er irgendwo in Nordfrankreich ist. Das Leben schlägt eine Richtung ein, die sie nie in Betracht gezogen hat.

Schon kurz nachdem Fritz nach der Hochzeit abgereist

war, hat sie gemerkt, dass ihr Körper sich veränderte. Als dann ihre Tage ausblieben, war alles klar. An die Nächte im gemeinsamen Ehebett möchte sie am liebsten gar nicht denken. Diese Grobheit, dieses Geschnaufe, es hat sie geekelt. Es ist ihr recht, dass Fritz auf See ist und sie das Bett mit Marie teilen kann. Was die Else nur daran findet. Und die Geburt erst. Zehn Stunden im Kreißsaal, ruppige Krankenschwestern, das irrsinnige Geschrei der anderen Gebärenden. Wenn die Mutter nur dabei gewesen wäre. Noch nie hatte sie sich so allein gefühlt.

Die Marie ist ein herziges Kind – dem Fritz hat sie ein Foto geschickt –, aber das muss sie nicht noch mal erleben.

Sie hat Else als ihre Cousine aus Schwäbisch Gmünd ausgegeben und ihr das eine Zimmer mit dem Klappsofa überlassen. Keine schlechte Lösung, denn so können sie abwechselnd auf die Kleinen aufpassen und Arbeit außer Haus annehmen. Waschen, Bügeln, dass, was sie im Nassauer Hof perfekt gelernt haben. Else beteiligt sich an der Miete und den Lebenshaltungskosten, so kommen sie einigermaßen zurecht.

»Mädels, es wird kühl! Habt ihr Lust auf Pfannkuchen? Ich lade euch ein. Mit Apfelmus.«

Toni steht auf, räkelt sich, die Sonne ist verschwunden.

Anna ist gerne bei Toni drüben. Die Einrichtung erinnert sie an ihr Elternhaus. Tonis Eltern sind seit Jahren tot, seitdem lebt sie allein in der Wohnung. Sie unterrichtet Musik an der Höheren Mädchenschule, gibt auch private Klavierstunden und scheint ein gutes Auskommen zu haben. Sie ist wie eine ältere Schwester, eine, wie Anna sie nicht hatte. Letzte Woche hat Toni ihr Fugen von Bach vorgespielt. Das war so schön, dass sie weinen musste.

»Gerne, Toni. Wann sollen wir kommen? Ich muss noch die Windeln einweichen.«

Anna nimmt Marie hoch, riecht an der Windel und drückt das Kind an sich. Es ist wieder eingeschlafen.

»Kommt einfach rüber, wenn ihr fertig seid. Das Ausbacken geht doch flott.«

»Machen wir.«

*

Im November 1916 erhält Anna ein Telegramm aus Berlin. Es ist von der Mutter. Ernst ist tot. In einem kleinen Ort bei Verdun ist er verschüttet worden und erstickt.

Als Else mit einem Korb, halb voll mit ein paar schrumpeligen Karotten, einer Stange Lauch und Kartoffeln vom Markt kommt, hockt Anna zusammengesunken, mit starrem Blick, am Küchentisch und hält noch immer das Telegramm in der Hand. Else stürzt auf Anna zu, nimmt es ihr aus der Hand und liest.

»Anna, nein! Der Ernst! Der schöne Ernst!«, schreit sie auf. »Dieser verdammte Krieg.«

Sie streicht Anna übers Haar. Im Nebenzimmer schreit eines der Kinder. Anna steht auf, greift nach ihrem Wintermantel an der Garderobe und rennt aus der Wohnung. Ziellos läuft sie durch die Straßen, Tränen strömen ihr übers Gesicht. Sie landet in den schmalen Gassen der Altstadt, irgendwann ist sie am Rhein. Nie wieder wird sie ihn sehen, nie wieder durch sein feines, blondes Haar streichen können. Selbst einen Sarg wird es nicht geben, keine Beerdigung in der Heimat.

Erst nach Stunden kehrt sie nach Hause zurück, stilll wie

abwesend die kleine Marie. Toni kommt herüber, kocht einen Eintopf, Anna bringt keinen Bissen runter. Sie redet kein Wort, sie wünscht sich, neben ihrem Bruder verschüttet unter der Erde zu liegen.

Mitten in der Nacht wacht sie von ihrem eigenen Schrei auf. Sie bekommt keine Luft, ihr ist heiß und schwindlig, sie hat das Gefühl zu sterben. In ihren Ohren scheint das Blut zu sieden, ihr Herz galoppiert, stockt, rast auf das Ende zu. Else wacht auf und kommt mit dem weinenden Johann auf dem Arm ins Zimmer gelaufen. Sie macht das Licht an.

»Oh, Anna. Du hast wie am Spieß geschrien. Was ist mit dir? Du musst gleichmäßig atmen.«

»Ich sterbe. Ich will sterben«, stößt Anna hervor.

»Red keinen Blödsinn. Du hast ein Kind, das dich braucht. Ich stille den Johann und dann schlafen wir alle vier hier im Bett! Du kannst jetzt nicht alleine bleiben.«

Anna wünscht sich nichts sehnlicher, als selbst wieder ein Kind sein, von der Mutter getröstet zu werden, zu Hause in ihrem Bett in Gmünd zu liegen, über den Markt zu laufen, im Café eine heiße Schokolade zu trinken, behütet zu sein.

Am nächsten Tag durchforstet Anna ihre gesamte Kleidung. Alles Helle sortiert sie aus, verschenkt Röcke und Blusen an Else und Toni. Sie lässt ein Kinderbild von Ernst und sich – Arm in Arm, bei einem Ausflug aufgenommen – vergrößern, kauft einen viel zu teuren Silberrahmen und stellt das Bild auf ihren Nachttisch.

*

43

Ohne jede Vorwarnung – es wurde kein Alarm von der Stadtverwaltung ausgelöst – krachen am 9. März 1918 gegen 12.25 Uhr Bomben auf die Stadt.

Viele Mainzer stehen auf den Straßen und betrachten das Spektakel, das elf Menschen den Tod bringt, als wäre es eine Flugschau. Sie haben von Luftangriffen gehört, es aber nicht für möglich gehalten, dass es sie selbst treffen könnte. Es sind zehn britische Doppeldecker, die ihre zerstörende Ladung über der Stadt abwerfen. In der Schulstraße, nicht weit von Annas Wohnung, sterben drei Dienstmädchen beim Treppenputzen und die Frau eines Druckereibesitzers. Sie will zu ihren Kindern ins Haus rennen, als sie die Flugzeuge sieht – und sie wird es nicht schaffen. Gebäude am Markt werden zerbombt. Der Stadtpark wird getroffen.

Anna, Else und die Kinder sitzen in der Küche bei einer wässrigen Kartoffelsuppe, als die Bomben detonieren. Die Kinder haben blasse Gesichter und wunde, rote Nasen. Sie haben gerade eine Erkältung halbwegs überstanden. Anna beginnt zu zittern, kann nicht denken. Else übernimmt das Kommando.

»Lasst alles stehn und liegen – wir gehen sofort in den Keller. Marie, Johann zieht eure Jacken an. Los, schnell.«

Else muss Anna regelrecht vor sich herschieben. Im Kellerflur stehen ein paar alte Klappstühle. Dort sitzen sie und reden kein Wort. Nach einer Weile stehen die Kinder auf und rennen im Flur herum und schauen in die Kellerräume der Mieter. Anna starrt abwesend vor sich hin.

Plötzlich steht die Hausmeisterin im Türrahmen.

»Ei, was macht´er denn immer noch hier im Keller? Es is alles vorbei. Mein Mann is grad gucke gegange, was in de Schulstraß passiert ist. Das wermer dene Engländer heimzahle!«

44

Nach diesen Worten verschwindet sie wieder nach oben. Else greift nach Annas Arm und zieht sie hoch.

»Los, wir gehen zurück in die Wohnung und wärmen die Suppe auf.«

Im November 1918 marschieren und reiten die ersten abgekämpften deutschen Soldaten durch die Stadt. Die Fronttruppen sind auf dem Rückmarsch.

Else wirft noch ein paar Kiefernzapfen in den Küchenofen. Sie mag das Knacken und Prasseln. Am Samstag waren sie im Gonsenheimer Wald und haben zusammen mit den Kindern Haggele gesammelt. Die Kleinen sind um die Wette gerannt, um die beiden Jutesäcke voll zu kriegen. Marie und Johann sitzen in der Zinkwanne und spritzen sich gegenseitig Wasser ins Gesicht. Über der Wäschespinne um das Ofenrohr hängen zwei Handtücher zum Vorwärmen. Novemberregen trommelt gegen die Fensterscheibe, von innen ist sie dampfbeschlagen.

»Schrecklich dieses Wetter. Und es ist so früh dunkel«, jammert Anna und sticht mit der Messerspitze in eine der Kartoffeln, die auf dem Herd köcheln.

»Wenigstens ist es hier drinnen gemütlich warm und wir sind gesund!«, antwortet Else. »Wir dürfen die Wärmflaschen nicht vergessen.«

Sie heizen lediglich die Küche, um Briketts für die Kachelöfen zu sparen. Abend für Abend werden die Betten mit den heißwasserbefüllten, grauen Zinkbehältern vorgewärmt. Else hat Recht. So viele junge Frauen und Männer sind in diesem Herbst durch diese grauenhafte Spanische Grippe gestorben. Warum nur ausgerechnet junge Menschen? Die Tochter von Frau Masson gegenüber. Gerade 20 geworden. Von einem Tag auf den anderen Durchfall, Kopfweh, Fieber. Die Ärzte waren machtlos. Nach fünf Tagen war sie tot, die Haut dunkelblau. Man soll sich nicht küssen, sich nicht anhusten. Die Krankenhäuser sind überfüllt. Die Mutter schreibt aus Berlin, dass dort auch Tausende gestorben sind. Und die Leute haben nichts Gescheites zu essen. Was ist das für eine Welt?

»Die Pellkartoffeln sind gleich gar. Raus aus der Wanne mit euch!«

Anna greift nach den Handtüchern. Eine kleine Schüssel mit Quark steht schon auf dem Tisch. Es klopft an der Wohnungstür.

»Das wird sicher Toni sein.«

»Das Essen reicht aber nur für uns und die Kinder.«

Anna beginnt Marie abzurubbeln. Else nimmt widerwillig die Füße vom Hocker, der ganz nah am Herd steht und verlässt die Küche um zu öffnen.

»Darf Tante Toni keine Kartoffel essen?«, fragt Marie und verzieht das Gesicht, als Anna ihr die Ohren trockenreibt.

Vom Flur ist ein Rumms zu hören – als würde ein Sack Kohlen abgestellt. Else reißt die Küchentür auf und schreit:

»Fritz. Es ist Fritz.«

Anna nimmt Marie auf den Arm und läuft auf den Flur. Da steht er. Unrasiert, mit nassem Wollmantel, schmutzigen Stiefeln, kurzgeschorenen Haaren und müden Augen. Er hält eine triefende Kappe in der Hand, um seinen Matrosensack hat sich auf den Holzdielen schon eine Pfütze gebildet.

»Anna«, sagt er leise und kommt auf sie zu. Marie beginnt zu weinen. Er küsst beide auf die Wange und macht wieder zwei Schritte rückwärts, als Marie lauter schreit.

»Marie, das ist dein Vater. Fritz, wo kommst du her?«

Sie wartet die Antwort gar nicht ab. Natürlich weiß sie, dass es Unruhen im Land gibt – der Krieg verloren ist. Die Matrosen streiken. Natürlich hat sie an ihn gedacht. Seit Monaten ist sie ohne Lebenszeichen von ihm, ohne Ahnung, wo er steckt, und doch hat sie nicht damit gerechnet, dass er plötzlich vor der Tür steht.

»Jetzt zieh erst mal den Mantel aus und komm ins Warme. Wir wollten gerade essen. Marie, hör auf zu weinen. Ich hol mal einen Putzlappen und wische hier auf.«

Sie drückt Else ihre weinende Tochter in den Arm, rennt zur Abstellkammer und holt Schrubber und Putzlappen. Fritz hat seinen Mantel aufgehängt, nimmt ihr den Schrubber aus der Hand.

»Lass mich das machen. Geh in die Küche und kümmere dich um Marie. Das Kind kennt mich nicht, wie auch, es hat mich nur auf Fotos gesehen. Ich komme gleich nach. Wir reden später.«

Anna sieht seine schrundigen Fingerkuppen, die rissigen Nägel, schlecht verheilte Abschürfungen. Sie kehrt in die Küche zurück – Johann sitzt schon in Schlafanzug und Wolljacke am Tisch. Die schniefende Marie sitzt in ihr Handtuch gewickelt auf dem Hocker am Ofen. Anna trocknet das weinende Kind fertig ab, zieht ihr den Schlafanzug und eine dunkelblaue Wolljacke an. Else hat bereits gedeckt, die Kartoffeln dampfen vor sich hin. Sie holt gerade aus der Kammer ein kleines Stück Butter. Das haben sie sich vom Mund abgespart. Die tägliche Butterration pro Person reicht noch nicht mal für die fünf Scheiben Brot, die jedem am Tag zustehen. Gut, dass ein Mombacher Bauer ihnen ab und an auf dem Markt ein Ei oder ein paar Äpfel für die Kinder zusteckt.

»Na, das ist aber eine Überraschung«, sagt Else leise. Sie klingt nicht begeistert.

»Es war gerade so schön gemütlich mit uns vieren. Die Marie wollte sich nicht von mir anziehen lassen.«

Anna wirft ihr einen Blick zu, der sie sofort zum Schweigen bringt. Als Fritz – in Matrosenhose und Unterhemd, ein Handtuch der kaiserlichen Marine über der Schulter, in die Küche kommt, um sich am Ausguss Gesicht, Hals und Hände zu waschen, flüstert Johann, wegen der Stille für alle gut hörbar:

»Papa?«

Fritz lächelt, dreht sich zum Tisch um und antwortet:

»Ich bin der Onkel Fritz, der Papa von Marie.«

Er schaut zu Else hin.

»Else, ich wusste nicht, wann ich hier ankommen würde, sonst hätte ich euch Bescheid gegeben.«

»Bist du Matrose? Mein Papa ist auch Matrose.«

Fritz nickt und trocknet sich ab. Ein kurzes beredtes Schweigen füllt den Raum.

»Gibt es das Stadtbad noch?«, fragt Fritz schließlich. »Ich würde gerne mal wieder richtig heiß baden.«

Anna nickt. Fritz verlässt die Küche und kehrt mit zwei Päckchen zurück. Aus einem Karton holt er eine Packung Tee und eine feine, weiße Porzellantasse mit Unterteller.

»Das ist für dich. Das ist Drachenbrunnentee, der feinste Tee, den es in China gibt. Man muss das Wasser vor dem Aufbrühen etwas abkühlen lassen.«

Er stellt beides vor Anna hin. Als nächstes packt er eine weitere Porzellantasse aus, eine Puppenvariante von Annas Geschenk.

»Die ist für dich, Marie. Damit du auch chinesischen Tee

48

trinken kannst. Du musst gut auf die Tasse aufpassen, das Porzellan ist sehr dünn.«

Marie schaut ehrfürchtig von der Tasse zu ihrem Vater hin, dann nimmt sie das Tässchen vorsichtig in die Hand.

»Man kann sicher auch Kakao daraus trinken«, meint Else aufmunternd.

Als letztes holt Fritz eine Tafel Hachez-Vollmilchschokolade aus dem Karton. Marie und Johann machen große Augen.

»Die ist für Johann und Marie. Aber vielleicht dürfen die Erwachsenen auch ein Stück probieren.«

Jetzt liegt nur noch ein in Zeitungspapier eingewickeltes Päckchen auf dem Küchentisch.

»Das ist geräucherter Hering. Aus Kiel.«

»Den heben wir für morgen auf. Und jetzt wird gegessen.«

Anna nimmt das Fischpaket und bringt es in die Speisekammer. Gleich nach dem ziemlich schweigsamen Essen steht Fritz vom Tisch auf. Er streckt sich und gähnt.

»Ich muss mich hinlegen. Seit vier Tagen bin ich unterwegs und habe kaum geschlafen. Ich werde morgen ins Stadtbad gehen.«

»Leg dich in Elses Bett. Da bist du ungestört. Wir schlafen mit den Kindern im Schlafzimmer!«, schlägt Anna vor.

»Gut. Morgen sehen wir dann weiter. Schlaft gut!«

Er drückt Anna einen Kuss auf die Wange und streicht Marie durchs Haar.

»Er wird doch nicht desertiert sein«, flüstert Else Anna ins Ohr   kaum dass er die Küche verlassen hat.

»Es ist doch noch Krieg. Oder ist er bei den Meuterern?«

»Lass uns die Kinder ins Bett bringen!«, ist alles, was Anna antwortet.

49

»Wir sind doch die ganzen Jahre nur verheizt worden. Schlechtes Essen, lächerlicher Sold. Schikanen. Ständig Angst vor feindlichen U-Booten und Minen. Und da beschließen die Herren Offiziere – im warmen Kasino –, dass die gesamte verbliebene Marine gegen die Engländer auslaufen soll. Ein Himmelfahrtskommando. Dabei ist der Krieg verloren. Wir haben die Befehle verweigert. Die Heizer haben keine Kohlen mehr nachgeschaufelt. Einige von uns sind verhaftet worden. Ich war bei den Glücklichen, die demobilisiert wurden, ich durfte mich nach Hause durchschlagen. Keine Ahnung, warum gerade ich. Die können das ganze Militär nicht auf einmal heimschicken, sonst gibt es Hungersnöte in den Städten.«

Fritz hat während seiner Erklärung rote Flecken im Gesicht bekommen. Anna hat ihn noch nie so lange und heftig am Stück reden hören. Sie sind jetzt über vier Jahre verheiratet, haben ein kleines Mädchen, aber sie kennt ihn kaum. Nächstes Jahr wird sie 30, sie kann es nicht glauben.

Anna und Fritz sitzen in der Küche. Marie liegt schon in Annas Bett und schläft. Sie haben Tee gekocht und wärmen sich die Hände an den Tassen. Else hat sich auch schon schlafen gelegt. Sie macht keinen Hehl aus ihrer Abneigung gegen Fritz. Anna scheint es, dass es der Else lieber wäre, Fritz wäre desertiert und würde von einem Militärkommando abgeholt und erschossen werden.

Sie wird morgen zu Toni nach nebenan ziehen. Toni hat ihr das Angebot gemacht, und Else war froh drum. Wo sollte sie denn hin? Allein mit dem Kind! Auf Dauer würde das hier zu fünft in der Wohnung nicht gut gehen, zumal auch Fritz die Else nicht besonders mag.

»Ja, und der Kaiser? Was wird jetzt aus uns? Ich kann mir nichts anderes vorstellen als unser Kaiserreich.«

Sie hatte keine Ahnung, dass es Fritz in den letzten vier Jahren bei der Marine so schlecht ergangen ist. Er sieht müde aus, hat ein paar Falten bekommen. Natürlich hat er das nicht schreiben können und er wollte sie sicher auch nicht beunruhigen.

Er ist ein Fremder in ihrer Küche. Sie spürt die Atemnot kommen, das Herz rasen. Schnell steht sie auf.

»Ich muss mal zur Toilette.«

Sie greift nach dem Schlüssel, der auf der Anrichte liegt, und rennt aus der Küche, durch den Flur, reißt die Wohnungstür auf und ist endlich allein. Im eiskalten Treppenhaus. Auf der halben Treppe öffnet sie die Tür und lässt sich auf den Klositz sinken. Sie legt das Gesicht in die Hände und versucht, langsam zu atmen.

»Was ist Rebubik?«

Marie schaut ihren Vater an. Er ist dabei, ein Kinderbett im Schlafzimmer aufzubauen. Für sie. Sie soll nicht mehr mit im Bett schlafen. Er hört auf zu schrauben und fährt sich mit einer Hand durch die Strubbelhaare.

»Meinst du Republik?«

Sie nickt. Er schaut zur Decke und überlegt.

»Weißt du, es bedeutet, dass das Volk in Deutschland alle paar Jahre selbst bestimmen kann, wer regiert. Vorher war der Kaiser an oberster Stelle. Verstehst du? Alles soll besser werden, auch die Schulen.«

Marie zögert, dann fragt sie:

»Wo ist der Kaiser jetzt?«

»Er hat abgedankt. Genauer gesagt, er wurde gezwungen

zurückzutreten. Weil er den Krieg angezettelt hat. Jetzt lebt er in Holland. Er hat sich aus dem Staub gemacht, damit ihm hier niemand den Prozess macht.«

»Hat er da auch ein Schloss?«

»Leider ja. Solche Leute fallen immer wieder auf die Füße. Man hat ihm sogar 59 Güterwaggons mit seinem Luxusgelumpe hinterher geschickt. Dem geht es viel besser als uns, Marie. Nächstes Jahr kommst du in die Schule, dann kannst du bald lesen und vieles besser verstehen.«

»Ich kann schon meinen Namen schreiben und lesen.«

»Ja, du bist ein kluges Mädchen.«

Marie drückt ihre Resi an sich und rennt in die Küche. Ihr Papa hat die Resi genäht. Aus kaputten Strümpfen und Stoffresten und etwas Wolle für die Haare. Anna sitzt am Küchentisch und schält Kartoffeln. Sie hat ein bisschen Schmalz aufgetrieben, sie möchte Kartoffelpuffer backen. Else und Toni hat sie eingeladen mitzuessen. Vom letzten Sommer steht noch ein Weckglas mit Apfelkompott in der Kammer. Sie hält sich den Bauch und steht auf, um etwas Holz im Herd nachzulegen. Sie hat das Gefühl, wieder schwanger zu sein. Kaum dass der Fritz wieder da ist. In diesen armseligen Zeiten.

»Ich hab Hunger. Und die Resi auch.«

»Du musst dich noch ein wenig gedulden. Geh schon mal zu Toni rüber und sag Bescheid, dass wir in einer Stunde essen.«

Marie hüpft aus der Küche. Die Toni hat bestimmt ein Plätzchen für sie.

»Toni hat gestern Soldaten wie aus 1001 Nacht auf weißen Pferden durch die Stadt reiten sehen. Schwarze. Und sie hat am Höfchen eine Bekanntmachung gelesen. Von den französischen Besatzern. Alle Waffen müssen abgeliefert werden. Und es herrscht Ausgehsperre von 9 Uhr abends bis 6 Uhr morgens. Was wird nur aus uns werden?«

Anna liegt mit offenen Augen in ihrem Bett im stockdunklen Schlafzimmer. Die Decke hat sie bis unters Kinn gezogen. Fritz liegt auf seiner Seite.

Seitdem Marie nebenan schläft, ist sie angespannt, solange sie Fritz nicht schnarchen hört. Sie will gar nicht daran denken, dass vielleicht ein Kind in ihr wächst.

»Ja, an der Litfaßsäule bin ich auch vorbei gekommen. Diese Schwarzen sind aus Tunesien. Die sind vielleicht auch nicht so freiwillig hier. Das ist ein Schock für die Leute. Haben noch nie Fremde gesehen.«

Er räkelt sich, ruckelt mit dem Kopfkissen.

»Vielleicht hat die Besatzung auch was Gutes. Bringt Ruhe und Ordnung auf den Straßen. Unter den ganzen Kriegsheimkehrern ist auch viel rechtes Gesocks. Schläger. Die wollen keine Demokratie. Wegen des Ausgangsverbots müssen wir uns keine Sorgen machen, wir müssen nicht früh raus.«

Er lacht bitter. Sämtliche Versuche, eine Arbeit zu finden, sind im Sand verlaufen.

»Ich wollte morgen nach Wiesbaden. Wegen Arbeit. Aber da brauche ich einen Passagierschein für die amerikanische Zone.«

Anna seufzt.

»Ich habe schon Wochen nichts mehr von meiner Mutter gehört.«

»Alles wird kontrolliert. Wir haben den Krieg angefangen und verloren, die Franzosen lange schikaniert. Weißt du noch, dass der Kaiser sich in Versailles hat krönen lassen? Wir können froh sein, wenn sie sich nicht rächen.«

»Das erzähl mal der Kretschmer. Übrigens, kannst du vielleicht einem Kollegen von Toni einen Anzug schneidern? Doktor Weinzinger, ein Studienrat. Den Stoff hat er. Und die Frau Müller aus dem zweiten Stock hat angefragt, ob du für sie aus einem alten Mantel Hosen für ihre zwei Jungs nähen kannst? Du weißt, wir brauchen jeden Pfennig.«

Die Zimmertür wird geöffnet. Eine schniefende Marie trippelt zur Bettseite ihrer Mutter hin.

»Ich hab geträumt, dass eine Bombe auf uns fällt. Ich hab so Angst.«

»Komm ins Bett.«

Anna hebt ihr Federbett an und Marie schlüpft drunter.

»Der Krieg ist vorbei, Marie. Niemand wirft mehr Bomben auf uns. Jetzt schlaf!«

*

Im September 1919 kommt der kleine Ernst zur Welt. Es gibt Komplikationen: Kurz vor dem errechneten Geburtstermin hat Anna vormittags heftige Schmerzen. Fritz ist mit Marie unterwegs, er liefert umgeänderte Kleidung und Neuanfertigungen aus. Sie klopft nebenan, Else öffnet sofort. Sie lässt alles stehen und liegen, heißt Johann, brav zu sein, packt für Anna eine Tasche und hält auf der Straße ein Auto an. Der Fahrer sieht die hochschwangere Frau und willigt umstandslos ein, die beiden Frauen ins St. Hildegardis-Krankenhaus zu fahren.

Anna wird sofort in den Operationssaal gefahren. Else muss draußen warten. Nach zwei Stunden erfährt sie, dass ein kleiner, gesunder Junge per Kaiserschnitt geholt wurde, da der Mutterkuchen sich vorzeitig abgelöst hatte. Sie darf das kleine Kerlchen durch eine Scheibe sehen. Er hat ein hübsches Gesichtchen und eine dunkle Mähne.

Else kehrt mit den Neuigkeiten in die Illstraße zurück. Fritz und Marie sitzen in der Küche und spielen Mensch ärgere Dich nicht. Sie berichtet von der Kaiserschnittgeburt, von dem hübschen Brüderchen und holt dann Johann rüber in die Wohnung der Kramers. Marie ist stinksauer, dass ihre Mutter einige Zeit im Krankenhaus bleiben muss und mit einem blöden kleinen Brüderchen zurückkommen wird.

»Der schläft aber nicht bei mir im Zimmer!«, schluchzt sie und wirft den Würfel mit voller Wucht auf das Spielbrett.

Nach zwei Wochen kommt Anna mit dem kleinen Bündel nach Hause zurück.

»Ich möchte ihn Ernst nennen. Nach meinem Bruder. Der Arzt hat gesagt, ich soll keine weiteren Kinder mehr haben. Ich könnte sterben. Außerdem können wir uns jetzt schon die zwei Kinder nicht leisten.«

Fritz nickt, er versteht, auch das, was sie nicht gesagt hat. Mit dem Vornamen ist er einverstanden.

»Warum haben wir bloß keinen Kredit aufgenommen und ein schönes Haus in Gonsenheim gekauft? Wir würden mit einer Schubkarre voller wertloser Scheine zur Bank fahren und wären alle Schulden los!«

Anna kommt vom Einkauf zurück. Sie hat für ein Kilo Kartoffeln 5000 Reichsmark bezahlt.

»Der Fahrschein für die Straßenbahn kostet heute 600

Mark. Die Kinder spielen auf der Straße mit Geldbündeln. Es ist ja auch nur noch Spielgeld.«

Sie lässt sich auf den Küchenstuhl fallen. Sie ist nur noch müde. Fritz näht an einem Damenkostüm, das Toni bei ihm bestellt hat. Marie ist in der Schule. Ernst ist mit Else zu den Bauern in Mombach unterwegs. Er wird bald vier und sein verschmitztes Lächeln bringt das Herz so mancher Bäuerin zum Schmelzen. Oft bekommt er ein paar Aprikosen oder Pfirsiche zugesteckt.

»Was sollen wir denn von der Stütze noch kaufen? Kaum ausgezahlt, kriegst du nur noch ein Ei dafür.«

Fritz hält mit dem Nähen inne. Er hat immer noch keine Arbeit gefunden, sie leben von der staatlichen Unterstützung, die ihm als ehemaliger Matrose des Kaiserreichs zusteht, und seinen privaten Aufträgen als Schneider. Marie braucht neue Schuhe, Ernst ist auch schon fast wieder aus seinen Schnürschuhen rausgewachsen. Anna hat sich seit Jahren keine Unterwäsche mehr gekauft – sie flickt selbst noch die Hemdchen, die sie aus Gmünd mit nach Wiesbaden genommen hat. Die Mutter hat immer nur das Beste gekauft. Welch ein Trost!

Letzte Woche hat Anna das silberne Reisenecessaire, das Abschiedsgeschenk ihrer Mutter, in einer Stoffhandlung gegen einen Ballen hochwertigen Wollstoff und einige bunte Baumwollstoffreste eingetauscht. Sie konnte den Anblick des Geschenks sowieso nie ertragen, ohne an den Abschied aus Gmünd denken zu müssen. Das Ende ihrer wohlbehüteten, sorglosen Jugend. Die Vertreibung aus dem Paradies.

Ihre Kinder sind bei aller Geldknappheit wenigstens immer gut angezogen, darauf kann sie stolz sein, geht es ihr durch den Kopf.

»Der Staat profitiert am meisten von der Inflation. Der Krieg hat Geld gekostet. Da wurden schon Schulden gemacht. Waffen, Munition, Verpflegung. Jetzt kommen noch die Reparationszahlungen dazu. Die kleinen Leute haben Kriegsanleihen gekauft, die sind jetzt wertlos, und der Staat ist seine Schulden los. Von Milliarden sind Pfennigbeträge übrig geblieben.«

Anna stöhnt.

»Du und deine Vorträge! Du hättest studieren sollen. Wir sind immer die Dummen.«

Fritz legt seine Hand auf ihre.

»Anna, irgendwann wird es besser werden.«

Anna muss an Tante Hedwig denken, deren Vater dem bayrischen König Geld geliehen hat. Sie sieht sie vor sich, wie sie an der Kasse zum Schloss Neuschwanstein steht und den Eintrittspreis nicht zahlen will. Wie lange ist das her? Wie lange ist sie schon tot?

»Gut, dass wir kein Geld hatten, um dem Kaiser seinen Krieg zu finanzieren«, meint Anna schließlich.

»Auf die Idee wäre ich auch nicht gekommen!«

Fritz schiebt einen Ärmel unter den Fuß seiner Singer-Nähmaschine und betätigt die Fußwippe. Anna seufzt.

»Ich bin so müde. Und ich würde so gerne mit den Kindern einen Ausflug zur Nonnenau machen. Mit dem Schiffchen fahren, einkehren, ein Stück Kuchen essen, mal einen Tag ohne Sorgen verbringen.«

»Vielleicht am Samstag. Ich könnte versuchen, Räder für uns auszuleihen. Wenn Toni nichts vorhat, leiht sie uns bestimmt ihr Rad. Ja, das machen wir.«

*

1933. Anna trifft im Treppenhaus auf Frau Kretschmer. In Kittelschürze und Kopftuch fegt die Hausmeisterin mal wieder die Treppe. Anna hat den Verdacht, dass sich die Kretschmer jedes Mal, wenn sie am Fenster jemanden aus dem Haus sieht, sofort mit dem Besen ins Treppenhaus stürzt, um die Person in ein Gespräch zu verwickeln.

»Na, Frau Kretschmer, wieder fleißig?«

»Sie haben keine Ahnung, wieviel Dreck die Mieter hier jeden Tag reintragen.«

Ein gewisser Unterton ist nicht zu überhören. Anna weiß natürlich nur zu gut, dass Ernst vom Fußball mit schlammverkrusteten Schuhen nach Hause kommt. Frau Kretschmer schielt auf Annas Einkaufskorb, seufzt übertrieben wie eine schlechte Schauspielerin und meint:

»Jetzt wird alles besser, Frau Kramer. Der Hitler räumt jetzt auf. Er wird diese elende Zinsknechtschaft beenden. Die Rothschilds werden nicht länger ihren Reibach machen und wir in die Wäsche gucken. Bald haben Sie ein schönes Brathähnchen, frisches Obst, eine gute Flasche Wein im Korb – nicht nur immer Kartoffeln. Ihr Mann wird in Zukunft gut verdienen.«

Anna drückt sich an der Hausmeisterin vorbei. Ihr ist heiß, sie riecht ihren eigenen Schweiß. Sie fragt sich, wieso die Kretschmer so ein säuerliches Gesicht macht, wo doch nun alles ganz wunderbar wird.

»Da sehen wir ja goldenen Zeiten entgegen. Schönen Tag noch, Frau Kretschmer.«

»Grüßen Sie ihren lieben Mann von mir«, ruft Frau Kretschmer ihr hinterher.

»Ach, Frau Kramer. Noch was. Mein Mann hat jetzt

endlich eine neue Flagge besorgt. Damit wir künftig unser Haus mit dem Hakenkreuzbanner des Führers schmücken können.«

Anna ist schon dabei, ihre Wohnungstür aufzuschließen. Sie dreht sich widerwillig noch einmal um. Die Kretschmer lächelt ihr falsches Lächeln. Anna findet, dass dieses Lächeln eher wie ein Grinsen aussieht, was sicher daher kommt, dass die Kretschmer versucht, ihre Falschheit zu verbergen.

Die Flaggenhalterung ist Gott sei dank über dem Türsturz des Eingangs angebracht, die Kretschmers können ihre blöde Flagge vom Fenster des Treppenhauses aus raushängen und müssen nicht in die Wohnung der Kramers.

Anna schließt die Tür hinter sich und atmet aus. Sie lehnt sich an die Flurwand. In den eigenen vier Wänden zu sein, empfindet sie als Rettung.

Marie kommt ihr entgegen gestürzt und nimmt ihr den Korb ab. So aufmerksam ist sie eigentlich nur, wenn sie etwas will, geht es Anna durch den Kopf. Sie kommt in den letzten Jahren ganz auf ihren Vater: das große Gesicht, die vollen Haare. Sie überragt mittlerweile ihre Mutter um mindestens zehn Zentimeter. Sie ist hübsch und wird umschwärmt. Nach dem Volksschulabschluss hatte die Klassenlehrerin empfohlen, dass sie die Handelsschule besucht, um danach einen kaufmännischen Beruf zu erlernen. Fritz war einverstanden damit, dass sie was aus sich macht. Sie kann gut mit Zahlen umgehen und was die Rechtschreibung angeht, macht ihr keiner was vor. Anna hat einmal einen Einkaufszettel auf dem Tisch liegen lassen, und Marie hat einen Fehler mit Rotstift verbessert. Seitdem lässt Anna nichts Schriftliches mehr herumliegen und fürchtet sich fast ein wenig vor ihrer Tochter. Marie hat ihre Ausbildung bei dem Steuerberater Bierhof abgeschlossen und ist jetzt dort angestellt. Endlich kann sie Haushaltsgeld beisteuern.

Marie räumt den Korb aus und schon kommt sie mit ihrem Anliegen:

»Können wir heute Abend alle zusammen ins Capitol gehen? Sie spielen *Ein Lied geht um die Welt* mit Joseph Schmidt. Den hört ihr doch so gerne. Ich lade euch ein. Und der Franz aus dem Büro würde auch gerne mitkommen.«

»Wir warten, bis der Papa nach Hause kommt, und reden dann drüber. Wo ist denn der Ernst?«

So, so. Der Franz aus dem Büro. Der Name fiel in letzter Zeit öfter. Franz ist der Sohn von Bierhof, ist drei Jahre älter als Marie und arbeitet als Steuerberater bei seinem Vater. Anna lässt sich nichts anmerken, aber sie möchte, dass Marie sich nicht so früh an einen Mann bindet.

»Mein reizender Bruder ist vor einer halben Stunde zum Rudern abgehauen. Nachdem ich ihn nachdrücklich gebeten hatte, seine Zimmerhälfte endlich aufzuräumen. Er geht auf keinen Fall mit ins Kino. Er meinte, das wäre der pure Kitsch.«

Marie und Ernst sind seit Monaten wie Katz und Maus. Sie teilen sich immer noch ein Zimmer, allerdings hat Fritz schon vor Jahren eine Trennwand eingezogen. Seitdem klar ist, dass er im Sommer eine Lehre als Kupferschmied beginnen muss, wo doch seine Schwester zur Handelsschule gehen durfte, lässt er seinen Ärger an Marie aus. Besonders gut verstanden haben sie sich noch nie. Schon als kleiner Bub hat Ernst immer wieder tote Tiere angeschleppt und Marie damit erschreckt. Am schlimmsten war die Geschichte mit der toten Blindschleiche, die er in ihrem Bett versteckt hat. Da hat Fritz rot gesehen und ihm eine Ohrfeige verpasst, die sich gewaschen hatte. Aber Marie ist auch kein Engel. Sie hatte schon immer ihre Methoden, ihren kleinen Bruder auf die Palme zu bringen. Wenn Ernst mit blutigen Knien vom Fußball kommt, singt sie provozierend *Heile, heile Gänsje* und versucht, auf die Wunde zu pusten. Er hasst dieses Karnevalslied. Es ist eigentlich ein Kinderreim, den Anna schon immer gekannt hat und den Martin Mundo den Mainzern mitten ins Herz gesungen hat.

Ihre Liebe zur Fassenacht verbindet die beiden Geschwister. Anna denkt an den ersten Rosenmontag nach dem Krieg. 1927. Wie stolz die zwei in ihren Chinesenkostümen zum Zug gegangen sind. Fritz hatte heimlich die Kittel genäht und aus Pappe Reishüte gebastelt und mit Stoff überzogen.

Seit zwei Monaten trainiert Ernst in der Mainzer Rudergesellschaft. Er fährt direkt nach dem Mittagessen mit dem Rad zur Ingelheimer Aue im Norden der Stadt und kommt mit einem Riesenhunger am Abend nach Hause. Dass sie ihm die Mitgliedschaft ermöglichen, wenn schon nicht genug Geld da ist, um ihn weiter zur Schule gehen zu lassen, hat ihn ein wenig besänftigt. Er ist immer noch ein Lausbub, obwohl er neuerdings öfter vorm Spiegel steht und nach ersten Barthaaren Ausschau hält. Seine feinen Haare kämmt er seit kurzem mit Frisiercreme nach hinten. Damit er erwachsener aussieht, nimmt Anna an. Er selbst behauptet, dass wäre praktischer beim Rudern.

Anna hört, wie Fritz die Tür aufschließt und seinen Hut auf die Ablage wirft. Vor fast einem Jahr wurde er als Zuschneider in einer Textilfabrik in Wiesbaden angestellt. Er muss um 6 Uhr aufstehen. Anna ist froh, dass er sich sein

Frühstück selbst macht. Manchmal steht er noch früher auf und läuft die ganze Strecke. Das tue ihm gut, meint er. Die frische Luft, die ruhigen Straßen, die Bewegung.

»Wir haben einen großartigen neuen Auftrag«, verkündet er beim Betreten der Küche und lächelt schief. »Uniformen! SA-Uniformen für die Nazis.«

Als sie nach dem Kino nach Hause gehen – Fritz summt noch das Filmlied vor sich hin –, hängt sich Anna bei ihm ein und meint:

»Also dieser Hitler in der Wochenschau. Ich verstehe gar nicht, was der sagt. Ich sehe ihn an, sehe diese Frisur, dieses Zweifingerbärtchen unter der Nase, das Gefuchtel seiner Hände und verstehe nichts.«

»Ist halt ein Österreicher«, antwortet Fritz und drückt ihren Arm.

Marie und Franz gehen nur wenige Schritte hinter ihnen.

»Da werden sie sich schon dran gewöhnen, Frau Kramer. Ich glaube, unser Führer ist ein großer Politiker. Jetzt geht es bergauf mit Deutschland.«

Anna antwortet nicht, fragt sich, ob dieser Franz ihr Schwiegersohn wird? Sie hat die beiden während des Films ab und zu beobachtet, wie vertraut sie miteinander sind, wie Marie ihn anhimmelt.

Im Juli 1933 steht Anna in Tonis Küche. Etwas muss passiert sein. Toni wirkt hölzern, ihre Augen sind ohne Glanz. Sie ist früher aus dem Gymnasium zurückgekehrt und hat Anna gebeten, zu ihr in die Wohnung zu kommen.

»Anna ich muss mit dir reden. Ich werde weggehen.«

»Toni, meine liebe Toni. Aber das kannst du doch nicht

machen! Das Leben in diesen Zeiten ist schrecklich, der Mob auf den Straßen, diese elenden Fahnen. Aber wir haben doch uns. Wir beide, Else, Fritz, die Kinder. Sie lieben dich.«

Anna lässt sich auf den Küchenstuhl sinken, sie ist blass geworden, spürt ihr Herz zu schnell schlagen. In ihren Ohren rauscht das Blut. Wie soll sie ohne Toni zurechtkommen? Sie ist eine Seele, hat ihnen so viel geholfen. Immer wieder lässt sie sich etwas von Fritz nähen – sogar einen Hosenanzug aus dunkelblauem Wollstoff. Den könnte sie in Berlin tragen, aber doch nicht in Mainz.

»Ich habe euch alle von Herzen gerne, das weißt du doch. Man hat uns heute aus dem Schuldienst geschmissen. Es wird alles noch schlimmer werden, vielleicht wieder Krieg geben. Ich werde nicht abwarten, ich habe eine Cousine in Glasgow, in Schottland.«

»Was heißt das, ›man hat uns heute rausgeschmissen‹? Was willst du in Schottland? Du sprichst nicht mal Englisch!«

»Sämtliche jüdischen Lehrer dürfen nicht mehr unterrichten. Ab sofort. Meine Freundin Bertha, du weißt, die Kinderärztin, hat sich gestern das Leben genommen!«

Toni schlägt die Hände vors Gesicht und ein grauenhaftes Schluchzen erfüllt die Küche.

»Du bist Jüdin? Toni, ich hatte keine Ahnung. Da habe ich nie drüber nachgedacht.«

Toni schaut auf.

»Ach, Anna, du Liebe. Ich habe es eigentlich auch fast nicht mehr gewusst. Meine Eltern waren Juden. Beide waren überhaupt nicht religiös, haben nie in ihrem Leben eine Synagoge von innen gesehen. Wir haben nie den Schabbes eingehalten. Ich habe nie darüber gesprochen: Als meine Mutter unheilbar an Krebs erkrankt ist, sie immer schwächer wurde, da haben sie sich gemeinsam umgebracht. Mit Autoabgasen in einer Garage. Ich war schon Ende 20.«

Anna vergräbt ihr Gesicht in den Händen. Toni spricht langsam weiter.

»Für die Nazis bin ich Jüdin – ob ich religiös bin oder nicht. Denen geht es um das Blut, das deutsche Blut muss reingehalten werden.«

Anna beginnt zu weinen.

»Toni, warum hast du nie was gesagt? Du armes Ding.«

Sie geht um den Tisch herum und umarmt Toni.

»Das hast du alles mit dir herumgeschleppt? Und jetzt diese verdammten Nazis und ihr verdammtes arisches Blut. Unser Mainz hier wurde von den Römern gegründet. Vor fast 2000 Jahren! Wer soll denn da reinrassig sein?«

Toni lacht bitter und streicht ihr Haar nach hinten.

»Ehrlich gesagt achten einige Juden auch darauf, dass nur untereinander geheiratet wird.«

»Aber sie schaden anderen nicht. Ach Toni, mir ist das alles zu viel. Ich will dich nicht hergeben. Sind deine Eltern in Mainz beerdigt?«

»Ja. Auf dem jüdischen Friedhof, am äußersten Rand. Es gab keine richtige Totenfeier. Selbsttötung ist nicht erlaubt im Judentum – das Leben ist heilig, nur Gott kann es nehmen!«

»Gehen wir zusammen hin? Ich möchte das gerne. Du bist wie eine ältere Schwester für mich, das soll sich nie ändern.«

Toni streicht Anna liebevoll übers Haar.

Sie wird weggehen, vielleicht sehe ich sie nie wieder, geht es Anna durch den Kopf.

»Ja, das können wir machen. Ich war lange nicht auf dem Friedhof. Aber bevor ich abreise, möchte ich mich verabschieden.«

Anna muss wieder weinen. Schon wieder muss sie eine geliebte Person loslassen.

»Du wirst wiederkommen. Versprich mir das!«

»Versprochen. Wenn der Nazispuk hier vorbei ist. Ich werde dir mein Grammofon und die Schallplatten hierlassen. Als Leihgabe. Du wirst gut damit umgehen, ja?«

»Ach Toni, natürlich werde ich das. Wir werden deine Schallplatten hören und an dich denken. Und so laut, wie es geht, die Swingmusik hören und dazu tanzen. Die Marie liebt diese Platten.«

»Die Kretschmer, die alte Nazikuh, weniger.«

Beide müssen lachen, können plötzlich gar nicht mehr aufhören zu lachen, wischen sich die Tränen vom Gesicht Sie halten sich den Bauch vor Lachen – sie haben keine Ahnung worüber. Bis die Wirklichkeit sie wieder einholt, sie nach Luft ringen und sich verlegen ansehen.

Anna schämt sich einen kurzen Moment. Wie kann sie nur so verrückt lachen, wo Toni so viele schwere Schicksalsschläge einstecken muss? Toni, die liebe Toni, die sie nie hat spüren lassen, dass sie so viel gebildeter ist, die sie einfach nur hat teilhaben lassen. Sie schaut Toni an, die jetzt wieder so schrecklich blass aussieht.

»Wann gehst du weg? Hoffentlich sehen wir uns wieder. Manchmal denke ich, dass ich nicht mehr lange lebe.«

Immer wieder hat Anna den Gedanken, dass sie plötzlich an einer Krankheit sterben wird, dass sie nicht alt wird.

»Sobald wie möglich. Else kann einfach wohnen bleiben – dann habe ich eine Bleibe, wenn ich wiederkomme. Und red´ nicht so einen Quatsch – du bist zehn Jahre jünger als ich!«

»Du hast ja recht. Ich weiß gar nicht, warum ich ständig solche Gedanken habe. Und egoistisch ist das auch noch, wo du es bist, die ihre Heimat verlassen muss. Ach, Toni.«

*

Im Juni 1937 liegt eine Ansichtskarte mit einer Abbildung des deutschen Pavillons der Pariser Weltausstellung im Briefkasten. Auf dem Monumentalbau prangt ein riesiges Hakenkreuz. Anna geht nach oben. Sie muss ihre Lesebrille aufsetzen, um die unleserliche Schrift ihres Bruders entziffern zu können.

> *Liebe Anna, Albert Speer hat dieses Gebäude entworfen. Direkt gegenüber ist der Russenbau. Emmi und ich sind seit Ende Mai hier. Das Horcher betreibt während der Weltausstellung ein Restaurant auf der Seine. Deutsche Küche natürlich. Ich bediene hier die Hautevolee, Emmi bummelt in der Stadt. Wir bleiben bis November. Unsere Mutter ist in Berlin geblieben und schaut ein bisschen nach den Kindern. Sie ist sehr hinfällig geworden. Grüß alle von uns, gehabt euch wohl, dein Bruder Josef mit Emmi.*

Ja, die Nazi-Hautevolee, genau wie im Berliner Restaurant, geht dort ein und aus. Und mein Bruder brüstet sich damit, geht es Anna durch den Kopf. Sie hat vor einiger Zeit einen Artikel in einer Illustrierten über das Horcher gelesen. Und er hat kein Problem damit, dass er ihre Mutter allein in Berlin lässt. Er hat schon immer nur an sich gedacht.

Anna erinnert sich an Mutters letzten Besuch in Mainz vor zwei Jahren. Die Mutter hat im Hotel Schwan am Dom gewohnt. Nur ein Mal ist sie in die Illstraße gekommen, sie haben sich ansonsten zum Spaziergang getroffen oder sind in ein Café gegangen. Fritz hat sie nur einmal zu Gesicht bekommen.

Die Enkelkinder waren ihr fremd und umgekehrt war es auch nicht anders. Alt hat sie ausgesehen, eingefallen. In Berlin ist sie nicht glücklich geworden, aber sie hat ständig von Emmis und Josefs Kindern geschwärmt. So gut erzogen, so schlau in der Schule. Geweint hat sie über den lange zurückliegenden Tod der kleinen Steffi, die mit zwei Jahren an Diphtherie gestorben ist. Wie sehr hat sich Anna während des Besuchs die ganze Zeit nach der Mutter von früher gesehnt und war am Ende froh, als sie wieder abfuhr.

»Kommt doch endlich mal nach Berlin. Ach, die Cafés dort, Anna – du würdest Augen machen!«

Mit diesen Worten ist sie in den Zug gestiegen. Ob sie nächstes Jahr noch ihren 85. Geburtstag feiern wird?

Anna beginnt, das Gemüse für die abendliche Suppe zu putzen.

Am späten Nachmittag bringt Ernst wie immer, wenn er von der Arbeit kommt, einen metallischen Geruch mit nach Hause. Sein Betrieb floriert, er kommt gut zurecht. Sie fertigen Heizkessel, Badewannen und auch Kochgeschirr. Er hat ihr zum Geburtstag eine kleine Kupferpfanne geschmiedet. Man kann darin ein Steak braten. Nichts haftet an, das hat sie ausprobiert. Einmal. Sie hat die hübsche Pfanne an der Wand über dem Herd hängen. Für bessere Zeiten.

Sie stellt ihm eine Schüssel mit heißem Wasser in den Ausguss und legt ein Handtuch dazu. Ernst sieht die Karte auf der Anrichte und beginnt, laut zu lesen.

»... ein *Restaurant* auf der Seine. Ich dachte, wir sollten jetzt deutsche Worte benutzen. Na ja, ist ja in Paris, da lassen wir das mal durchgehen.«

Er legt die Karte zurück und beginnt sich zu waschen. Seit die Franzosen das Rheinland verlassen haben, ist es der Wille der Nationalsozialisten, dass die Bevölkerung sich die französischen Worte wieder abgewöhnt. Anna formuliert im Kopf die Worte *Trottoir*, *Hotel*, *Restaurant*. Wie elegant das klingt.

»Stell dir vor, ich sage: ›Ich habe im Gasthaus Nassauer Hof gearbeitet‹. Das hört sich an, als wäre es eine Kaschemme im Odenwald!«

Sie lachen.

Ernst schrubbt sich mit der Nagelbürste gründlich die Hände. Es ist ihm wichtig, dass er nicht auf den ersten Blick wie ein Handwerker aussieht. Anna ist froh, dass er sich nicht mehr beklagt, weil er nicht weiter zur Schule gehen kann. Ihr wäre es auch lieber, wenn er in einem eleganten Büro arbeiten könnte. Vielleicht in ein paar Jahren. Er könnte Meister werden oder ganz umschulen. Er hat auf jeden Fall Köpfchen.

»Meinst du, wir sehen Oma Rauscher noch mal? Willst du sie nicht bald mal in Berlin besuchen? Nicht erst im nächsten Jahr. Wer weiß ... wir kommen doch alleine klar.«

Anna wird rot, ihr ist, als flösse flüssiges Eisen in ihren Adern. Ihr Herz schlägt schneller. Seit Jahren ist sie nicht mehr verreist, hat sie die Wohnung nicht für einen Tag mehr verlassen. Fritz ist das egal. Ab und zu kommen Verwandte von ihm zu Besuch, er muss nirgendwo anders hin. Wo ist die abenteuerlustige Anna geblieben, die nach München ziehen wollte? Die Sängerin werden wollte?

»Dafür ist kein Geld da. Was denkst du, wie teuer alles in Berlin ist. Und dann die aufgeputzte Emmi und ihre Familie!«

Sie dreht sich weg, damit Ernst ihr schamrotes Gesicht nicht sieht.

»Ach, Mutter«, antwortet er leise.

*

Im August 1939 muss Ernst vor der Musterungskommission erscheinen.

»Ich kam mir vor wie ein Pferd beim Viehmarkt. Nein, schlimmer! Die haben keine Körperöffnung ausgelassen. Widerlich!«, entrüstet er sich nach dem Termin.

»Jede Menge Klassenkameraden habe ich getroffen. Mein ganzer Jahrgang wird anscheinend eingezogen.«

Er wird für voll tauglich befunden. Es ist ein schöner, heißer Sommer – man sitzt am Rhein und in den Cafés, genießt die Sonne.

Ein Monat später ist Krieg. Zum ersten Mal wünscht sich Anna, ihr Sohn wäre nicht so vor Kraft strotzend gesund. Sie schläft kaum, hat wiederkehrende Albträume, aus denen sie klatschnass und panisch aufschreckt. Ihr Mann wirkt beunruhigt, aber er spricht nicht darüber. Wenn Fritz jetzt von der Arbeit kommt, wäscht er sich, zieht eine Freizeithose und ein Jackett an und geht spazieren. Nach einem Arbeitstag im Mief der Fabrik, wo die Luft voller Flusen ist, die ihn im Hals kratzen, braucht er Bewegung und frische Luft. Anna fragt sich, ob er zu einer Frau geht, eine Geliebte hat. Zwei bis drei Stunden ist er meist unterwegs.

Das Leben in Mainz geht weiter wie gewohnt – wenn man nicht an die aus ihren Wohnungen abgeholten Menschen denkt, sich nicht an der ständigen Hetze und dem Hass im Radio stört, die Gewalt auf den Straßen übersieht. Angeblich werden die jüdischen Nachbarn in den Osten umgesiedelt.

Anna ist am liebsten zu Hause. Manchmal hilft sie Fritz abends bei seinen Schneiderarbeiten, näht Knöpfe an oder reiht zugeschnittene Stoffe. Sie hören dann Tonis Schallplatten. Dass sind die besten Stunden, die sie haben.

Polen wird besetzt, Ernst wird einberufen, muss zur Funker-Grundausbildung in eine Kaserne in Hessen einrücken.

»Mama, mach dir nicht so viele Sorgen. Der Krieg ist bald wieder zu Ende. Ich lerne bei der Wehrmacht Autofahren. Vielleicht kann ich als Funker später Ingenieur werden. Hoffentlich wird der Papa nicht noch mal einberufen!«

Er umarmt sie kurz, greift nach seinem Rucksack und weg ist er. Anna lässt sich auf den Küchenstuhl fallen, sie möchte nichts mehr denken, nichts mehr fühlen, sich einfach auflösen. Wenn Toni wenigstens noch da wäre. Außer einer Postkarte vor drei Jahren kein Lebenszeichen mehr von ihr. Vielleicht ist das klüger. Die Freundin fehlt ihr genauso sehr, wie sie ihren Bruder Ernst vermisst.

Mit Else hat sie kaum noch zu tun, obwohl sie nebenan wohnt. Sie ist eine glühende Hitlerverehrerin geworden, seitdem sie mit einem verheirateten Nazi liiert ist. Sie blondiert sich trotz ihrer 50 Jahre die Haare, trägt Pfennig-absätze und Lippenstift. Johann hat sich freiwillig zur Wehr-macht gemeldet. Voller Begeisterung ist er mit seinem Ge-päck zum Bahnhof marschiert, um mit seinen Kameraden Polen zu erobern. Anna, die gerade am Fenster ihr Staubtuch ausschüttelte, konnte zufällig seinen Abschied beobachten. Else hing halb aus dem Fenster und warf ihm Kusshände hinterher. Er hat sich zu einem unangenehmen, eitlen Ange-ber entwickelt. Ganz der gutaussehende Nichtsnutz wie sein verschwundener Vater. Er war so ein lieber Junge gewesen, wie oft hat sie ihn gehütet, jetzt schaut er ihr kaum noch in die Augen. Einmal hat er geklingelt und dann in der Küche herumgedruckst. Geld wollte er. Angeblich, um seiner Mut-ter etwas zu kaufen. Anna hat ihm kein Wort geglaubt. Als sie ihm gesagt hat, dass sie jeden Pfennig dreimal umdrehen müssen, hat er sich ohne ein Wort umgedreht und die Woh-nungstür hinter sich zugeschlagen.

Mit der Marie kann sie auch nicht richtig reden. Im letz-ten Mai hat sie den Franz geheiratet. Herr und Frau Bierhof haben die Hochzeitsgesellschaft in ein Hotel am Stadtpark eingeladen. Es wurde sogar getanzt. Sie und Fritz haben sich nicht wohlgefühlt, obwohl sie beide elegant und passend gekleidet waren. Aber das war nicht ihre Welt.

Üblicherweise richten die Brauteltern die Hochzeit aus, aber das konnten sie nicht. Die Bierhofs haben sie nichts spüren lassen, trotzdem hat sich Anna während der ganzen Feier geschämt. Wenigstens konnte Fritz stolz sein auf den tadellosen Maßanzug, den er für Franz angefertigt hatte.

Marie lebt jetzt im Haus der Schwiegereltern. Sie und Franz bewohnen zwei Zimmer unter dem Dach – sie haben so viel Platz wie die Kramers zu viert über die ganzen Jahre hatten. Sie arbeitet im Steuerbüro des Schwiegervaters und versteht sich bestens mit ihm und seiner Frau. Franz hat sich schon letztes Jahr zur SS gemeldet. Er war in der Tschechoslowakei, jetzt ist er in Frankreich. Sie sprechen nicht wirklich darüber, überhaupt vermeiden sie politische Gespräche. Marie kommt meist sonntags zum Mittagessen – sie plaudern über Kinostars und spielen Canasta, bis sie wieder geht. Sie liebt ihn halt und Anna liebt ihre Tochter.

Nach der Grundausbildung zum Funker darf Ernst kurz nach Hause – um sich von der Familie zu verabschieden.

Es wird ein trauriger Tag. Anna kann nichts anderes denken, als dass er in ein paar Stunden wieder gehen muss. Er ist noch schlanker geworden. Sie ertappt sich bei der Feststellung, dass ihm die Uniform gut steht. Sie sitzen vor ihrem Streuselkuchen in der Küche. Marie ist auch gekommen. Gerade will Anna Ernst noch mal Kaffee nachschenken, als ihr Bilder von blutigen zerfetzten Körpern durch den Kopf schießen. Ihre Hand zittert, die Kaffeekanne mit.

Ernst nimmt ihr die Kanne ab.

»Mutter, ich komme wieder.«

Sie versucht, ihre Angst abzuschütteln, hofft, dass er als Teil der Nachrichtentruppe nicht an die Front muss. Nicht auch noch ihr schöner Bub.

1940 fallen erneut Royal-Air-Force-Bomben auf Mainz und Umgebung – die Bomben waren für Frankfurt bestimmt. In der Wochenschau im Kino sieht man Hitler im Juli 1940 stehend im offenen Wagen – triumphierend wie ein römischer Kaiser – durch Berlin fahren. Frankreich hat ein Waffenstillstandsabkommen unterzeichnet. Die Schmach des Versailler Vertrages ist endlich gerächt, schreit der unsichtbare Kommentator von der Leinwand in den Kinosaal. Die Bevölkerung schreit vor Begeisterung ihrem Heilsbringer zu und reckt die Arme in die Höhe. Warschau wird von den Nazis in Schutt und Asche gebombt. Die Juden sind schuld daran, dass Hitler Polen angreifen musste.

Im Januar 1941 stirbt Annas Mutter in Berlin an einem Schlaganfall. Ende 1941 erhalten Anna und Fritz eine Feldpostkarte aus Griechenland. Ernst schreibt, dass es ihm gut gehe, er in Thessaloniki stationiert sei und nette Kameraden um sich habe. Er wünsche ihnen ein ruhiges Weihnachtsfest und alles Gute für das neue Jahr. Im April 1941 hat die Wehrmacht – mit Unterstützung von Italien, Bulgarien und Ungarn – das Königreich Jugoslawien und das Königreich Griechenland besetzt.

Am 13.9.1941 werden 22 Menschen durch eine über dem Mainzer Hauptbahnhof abgeworfene britische Bombe in den Tod gerissen. Danach herrscht fast ein Jahr Ruhe.

Am 12.8.1942 werden 300 Tonnen Brand- und Sprengbomben über der Innenstadt von Mainz abgeworfen. Komplette Stadtviertel sind völlig zerstört, der anschließende Feuersturm ist kaum zu löschen. In der Nacht darauf zerstören Royal-Air-Force-Bomber erneut Wohnhäuser, Kirchen, öffentliche Gebäude, Geschäfte und ein Krankenhaus der Stadt. Löschzüge aus dem Umland rücken an. Verbände aus Nierstein und Oppenheim entscheiden im chaotischen Durcheinander, den brennenden Dachstuhl des Doms zu

73

löschen. Mainz behält sein Wahrzeichen, Häuser rundum brennen bis auf die Grundmauern nieder. Die Ausgebombten werden auf dem Münsterplatz von der Volksfürsorge mit Lebensmitteln, Süßigkeiten und Zigaretten versorgt. Plünderer werden direkt zum Tode verurteilt. Ein Hilfsarbeiter, der bei Bergungsarbeiten ein Radiogerät und einen Regenmantel mitgehen lässt, ist darunter. Da Oberbürgermeister Barth an der Ostfront gefallen ist, wird ein neuer OB eingesetzt. Die öffentliche Amtseinführung von Heinrich Ritter vor den Trümmern des Stadthauses ist für viele ein bizarres Spektakel. Soldaten und Kriegsgefangene räumen Schutt und beginnen den Wiederaufbau.

Im September 1944 fliegen die Royal Air Force und die US Air Force Angriffe auf ein Wehrmachtsdepot in Kastel und das MAN-Werk in Gustavsburg. Die Fabrik wird verfehlt, Hunderte sterben in der Mainzer Innenstadt und den Vororten.

Am 27. Februar 1945 wird mittags Vollalarm ausgelöst. Alle stürzen in die Schutzräume.

Um 16 Uhr wird Entwarnung gegeben. Die Menschen sind gerade zurück in ihren Häusern, als erneut Fliegeralarm ausgelöst wird. Da sind die Motorengeräusche der Bomber schon zu hören. Viele schaffen es nicht mehr. Die riesigen Schutzräume in den Gewölben der Aktienbrauerei und der Sektkellerei Kupferberg bleiben fast leer. 1200 Mainzer sterben bei diesem letzten Luftangriff.

*

Anna kauert neben Fritz auf einem alten Gartenstuhl im Keller ihres Wohnhauses in der Illstraße. Der alte Seesack von Fritz mit etwas Kleidung und ein Lederkoffer mit ihrer beider Kopfkissen stehen griffbereit. Zwischen den Kopfkissen hat Anna einige von Tonis Schallplatten und die heilgebliebene Porzellantasse aus China verstaut. Etwas Geld, ihre Papiere tragen sie direkt am Körper. In den Taschen ihrer Wintermäntel haben sie einen Apfel und ein Butterbrot. Fritz hält Annas Hand. Er summt vor sich hin. *Ännchen von Tharau.*

Es ist kalt, das Motorengeräusch der Bomber bedrohlich nah. Die Kretschmer und ihre nichtsnutzige Tochter sitzen ein paar Meter entfernt. Bei jeder Detonation in der Nähe kreischt die Hausmeisterin auf. Die Tochter weint vor sich hin. Neben Fritz sitzt Frau Becker aus dem zweiten Stock. Sie hat ein schwarzes Wolltuch um ihren Kopf geschlungen, ihr Gesicht ist kaum zu erkennen. Zwei Söhne hat sie in Russland verloren.

»Wenn nur endlich alles zu Ende wäre, mir ist alles egal. Ich halte das nicht mehr aus.«

»Halten Sie doch den Mund!«, schnauzt die Kretschmer Frau Becker an.

»Wenn Sie mal den Mund gehalten hätten, Sie blöde Kuh. Dann hätte ich wenigstens noch eine Freundin.«

Fritz berührt kurz mit der Hand den Rücken von Frau Becker.

Vor zwei Wochen hörte die Kretschmer, wie Frau Weinhold im Treppenhaus zu einer anderen Nachbarin sagte, dass der Hitler ein perverses Arschloch sei und der Krieg verloren wäre. Sie schrie sofort ins Treppenhaus hinein:

»Das wird Folgen haben, Frau Weinhold! Nur weil Sie

Mann und Kind verloren haben, genießen Sie keine Narrenfreiheit!«

Drei Tage später wurde Frau Weinhold von der Gestapo abgeholt.

Die Bombeneinschläge kommen näher. Anna denkt an Marie. An Ernst, der in russischer Gefangenschaft ist. Erst die Verwundung durch Granatsplitter am linken Fuß. Er musste im Lazarett operiert werden. Dann, an seinem 24. Geburtstag, geriet er in Gefangenschaft. Was hat der Krieg aus ihrem Buben gemacht? Sicher, er lebt. Als Kupferschmied wird er wohl nicht mehr arbeiten können. Hauptsache, er kann wieder normal gehen und überlebt das Arbeitslager.

Sie denkt an Else, die etwas in der Stadt erledigen wollte. Hoffentlich hat sie sich in Sicherheit bringen können. Seitdem ihr Nazifreund tot ist, hält sie sich mit ihrer Hitlerliebe zurück. Ab und zu trinken sie wieder einen Kaffee zusammen.

Anna versucht, Bilder an die Markttage in Schwäbisch Gmünd heraufzubeschwören, an etwas Schönes zu denken. An den Tag mit Tante Hedwig, als sie mit Ernst in der Schiffschaukel saß. Aber da sind nur Bilder von verschütteten Schützengräben, schreienden verstümmelten Soldaten, von brennenden Häusern. Sie ballt die Fäuste, würgt die Schluchzer, die in ihrer Kehle hochsteigen, krampfhaft herunter. Sie ahnt, dass sie ihre Wohnung nie wieder betreten werden.

Plötzlich ein einziges Zischen und Dröhnen. Erschütterungen lassen die Wände beben. Die Glühbirne an der Kellerdecke schaukelt heftig. Die Luftschutztür wird aufgerissen, der Blockwart, Herr Meisner, brüllt: »Heil Hitler! Die Nebenhäuser brennen. Alle raus hier, Richtung Rhein!«

Hitze und Staub dringen in den Keller.

»Lass mich einfach hier sitzen. Ich will nicht raus«, sagt Anna leise zu Fritz.

Er greift nach ihren Habseligkeiten, hängt sich den Seesack um, nimmt den Koffer in eine Hand und zieht mit der anderen Anna vom Stuhl hoch.

»Komm. Red keinen Mist. Mach schon! Frau Becker, halten Sie sich an uns.«

Menschen rennen um ihr Leben. Rauch und Staub überall. Brennende Dachstühle, Trümmer, Tote am Straßenrand. Verletzte, die schreiend und scheinbar blind auf der Straße taumeln. Sprengbomben haben die Dächer abgedeckt, Brandbomben entzünden das hölzerne Dachgebälk und entfachen einen unvorstellbaren Feuersturm.

Warum? Warum nur? Das ist doch kein Leben!

Anna stolpert über brennende Holzbalken, sieht eine völlig verkohlte Katze, einen Mann mit brennendem Wintermantel, sie hustet, rennt, reibt sich die wunden Augen, neben sich Fritz und hinter ihnen Frau Becker. Sie erreichen das Rheinufer, lassen sich auf die Stufen fallen, hinter sich die brennende Stadt. Sie sind verdreckt, aber unverletzt. Andere werfen sich mit Phosphorverbrennungen ins Wasser.

Schweigend sitzen sie da bis zum frühen Morgen. Sie essen ihr Brot, Fritz schenkt einem kleinen Jungen mit versengten Haaren seinen Apfel. Sie verabschieden sich von der weinenden Frau Becker, die sich zu ihrer Schwester nach Wiesbaden durchschlagen will, und machen sich auf nach Finthen, wo Marie wohnt. Vielleicht steht das Haus der Bierhofs noch. Sie gehen an ihrem niederbrannten Haus vorbei, die Gluthitze des Feuers hat ganze Arbeit geleistet. Da ist nichts mehr zu retten.

»Ein Marinesack und ein Koffer ist alles, was uns geblieben ist.«

»Ja, Anna. So gut wie nichts ist uns geblieben. Das ist wohl der Endsieg.«

*

Anna setzt mechanisch einen Fuß vor den anderen. Sie erkennt die Stadt nicht wieder. Ab und zu steht noch eine mittelalterliche Fassade, eine Heiligenfigur in einer Hausnische. Trümmer, nichts als Trümmer. Das Haus der Bierhofs ist unversehrt, das ganze Viertel wirkt friedlich. Marie bricht in Tränen aus, als ihre Eltern vor der Tür stehen.

»Ich habe nicht geglaubt, euch lebendig wiederzusehen. Die ganze Illstraße ist weggebombt, hat eine Nachbarin gesagt.«

Sie nimmt ihrem Vater den Seesack ab und zieht ihre Mutter ins Haus.

»Ich heize den Kessel an. Dann könnt ihr baden und anschließend frühstücken. Es gibt noch Brot und Marmelade.«

Dank der bäuerlichen Verwandten in Mombach und des Winzerbruders im Rheingau geht es den Bierhofs ganz gut. Sogar ein Fläschchen Wein steht manchmal abends auf dem Tisch. Marie räumt ihr Schlafzimmer für die Eltern. Sie richtet sich selbst ein Bett auf dem Sofa im Wohnzimmer. Franz ist in Frankreich in Gefangenschaft geraten und hat es sogar ganz gut getroffen: Er arbeitet in der Nähe von Le Havre in einer Fabrik, zusammen mit anderen deutschen Soldaten.

»Wenigstens leben unsere Kinder«, flüstert Anna Fritz zu,

als sie, in einem alten Nachthemd von Frau Bierhof, im fremden Bett liegt.

Durch erneuten Einsatz von Soldaten und Kriegsgefangenen fließt der Verkehr um die Stadt schon einen Monat später wieder. Das Ziel der Alliierten, durch die Bombardierung den Verkehrsknotenpunkt Mainz zu zerstören, ist gescheitert, doch die Stadt liegt in Trümmern. Am 22.3.1945 marschieren die Amerikaner ein. Im Juli des Jahres wird Mainz, gemäß den Abmachungen der Alliierten, der französischen Verwaltung unterstellt.

Anfang April setzen Anna und Marie vorgekeimte Kartoffeln in den vormals schön gepflegten Garten der Bierhofs. Einige Quadratmeter Rasenfläche und auch ein paar Hortensiensträucher müssen weichen. Maries Schwiegermutter reagiert widerwillig, aber auch sie muss einsehen, dass die Lebensmittel immer knapper werden und sie sich nicht nur auf die Verwandtschaft verlassen kann. Mit Hilfe von Fritz bauen Anna und Marie aus alten Fenstern ein kleines Gewächshaus für die auf der Fensterbank vorgezogenen Tomaten. Sie pflanzen Zwiebeln, Bohnen, Lauch und Karotten.

Anna lebt auf, wenn sie in der Erde wühlt und die ersten grünen Triebe wachsen sieht. Ab und zu kommt Else vorbei. Sie bringt Tütchen mit Kräuter- oder Blumensamen mit, die sie irgendwo aufgetan hat. Dann sitzen sie in der Frühlingssonne, wie vor über 20 Jahren in der Illstraße. Sie sind stiller geworden, es gibt keine hochfliegenden Pläne mehr; das nackte Überleben, die Sorge um die Kinder ist das, was sie beschäftigt.

Flüchtlinge aus dem Osten prägen das Straßenbild. Plötzlich sieht man wieder Pferdekarren oder von zerlumpten Frauen gezogene Leiterwagen, beladen mit Bettzeug und Kochtöpfen. Ehemalige Zwangsarbeiter versuchen, sich in ihre Heimatländer durchzuschlagen. Die Amerikaner werfen zwei Atombomben auf Japan. An die Litfaßsäulen werden Plakate mit Fotos aus den Konzentrationslagern geklebt.

Fritz folgt dem Aufruf des Bürgermeisters im September 1945 zum freiwilligen Bevölkerungseinsatz. Alle fähigen Männer bis zum 60. Lebensjahr werden aufgerufen, die Stadt von den enormen Schuttmassen zu befreien. Von ehemaligen NSDAP-Parteigenossen wird besonderer Einsatz erwartet. Das *Goldene Mainz* soll wieder aufgebaut werden. Mit einem feuchten Tuch vor dem Gesicht schaufelt Fritz die Trümmer in bereitstehende Loren. Er ist froh, als ein paar Wochen später sein Betrieb in Wiesbaden wieder öffnet und er gebraucht wird. Er ist jetzt 56 Jahre alt, die schwere körperliche Arbeit und der ständige Staub haben ihm zugesetzt.

Im April 1946 schreibt der Neue Mainzer Anzeiger: *Wenn es so weitergeht, sitzen in einem halben Jahr die Parteigenossen wieder fest in ihren Positionen.*

Im Mai 1946 wird die neue Johannes-Gutenberg-Universität auf Initiative der französischen Besatzungsmacht feierlich eröffnet. Eine stark beschädigte Flakkaserne wird als Universitätsgebäude hergerichtet. Die Bevölkerung reagiert angesichts des großen allgemeinen Elends und der Zerstörung der Stadt und der damit einhergehenden Wohnungsnot zunächst ablehnend. Bereits im ersten Semester beginnen 2000

Studenten zu studieren. Für die Franzosen dient die Universität als Instrument der Entnazifizierung und Umerziehung der jungen Deutschen.

*

Im Mai 1947 finden Anna und Fritz eine kleine Wohnung in der Breite Straße in Gonsenheim. Zwei kleine Zimmer unterm Dach, die Toilette auf halber Treppe. Es gibt einen kleinen Balkon, von dem aus man in die Hinterhöfe und Gärten schaut.

»Das war höchste Zeit, dass wir was Eigenes gefunden haben«, meint Anna zu Else, die zu Besuch gekommen ist.

Anna ist dabei, das Bett frisch zu beziehen. Das wuchtige, alte Gestell haben die Bierhofs ihnen überlassen. Ebenso einen Küchentisch, drei ausrangierte Holzstühle, etwas Porzellan und Besteck. Die Chinatasse hat einen Ehrenplatz auf einem schlichten Regalbrett, das Fritz aus einer Weinkiste gebaut hat. Neben der Tasse steht die Postkarte aus Russland, die Ernst schicken durfte. Auf der Vorderseite pranken die Symbole des Roten Kreuzes und des Roten Halbmonds der UdSSR. Zwölf Worte waren erlaubt.

Liebe Eltern, ich lebe, macht euch keine Sorgen, ich komme zurück. Ernst.

»Der Franz ist zurück, die jungen Leute wollen für sich sein. Die alten Bierhofs sind ordentliche Leute, aber immer ein bisschen herablassend. Lieber esse ich die ganze Woche Pellkartoffeln, als weiter bei ihnen am gedeckten Tisch zu sitzen und das Gejammer über den verlorenen Krieg anzuhören. Und jedes Mal, wenn er seine Frau um etwas bittet, antwortet sie: ›Führer befiehl, wir folgen!‹ Wie ein Automat. Jetzt fangen wir ganz von vorne an. Fritz hat schon eine neue Nähmaschine beschafft, er wird wieder Maßanzüge nähen können. Wir brauchen jeden Pfennig.«

»Oder Hosen umnähen und Kinderzeugs flicken«, lästert Else.

Sie selbst hat eine Stelle als Bürohilfskraft in einer Druckerei gefunden und teilt sich eine Wohnung mit zwei anderen Frauen in der Neustadt.

»Wenn nur der Ernst endlich käme. Wir haben seit drei Monaten nichts von ihm gehört. Diese kalten Winter in Russland und nichts zu essen. Wenn er bloß nicht verhungert, so viele sterben ...!«

Anna bricht in Tränen aus.

»Der Franz hat sich freiwillig zur SS gemeldet – er ist gesund und munter daheim. Und meinen Ernst haben sie einfach so jung zur Wehrmacht eingezogen. Er ist verwundet und schon seit zwei Jahren in Gefangenschaft. Ja, ich weiß, es gibt keine Gerechtigkeit.«

Ein Schluchzen erstickt fast ihre Worte. Else legt ihr eine Hand auf den Arm.

»Fang bloß nicht an, so zu denken, dann wirst du verrückt. Außerdem hat sich die Marie den Franz ausgesucht. Er hat sich halt verführen lassen von den Naziparolen. Wie wir alle. Na ja, fast alle. Wir haben doch nichts gewusst. Von diesen Lagern. Der Ernst kommt bestimmt zurück. Der ist findig, kann schöne Sachen aus Metall machen, der kommt durch, glaub´ mir.«

Anna lässt sich auf die Bettkante fallen, seufzt. Sie hat keine Kraft, um mit Else zu streiten. Sie hängt ihr Fähnchen in den Wind, hat sie schon immer getan, aber letztendlich ist sie eine treue Seele. Die einzige Freundin, die sie hat.

»Ich glaube, die Marie ist schwanger. Meine kleine Marie. Weißt du noch, wir beide und die beiden Kleinen? Wie goldig sie waren?«

Anna bereut ihren Satz schon, während sie ihn ausspricht. Über Johann sprechen sie nicht. Er hat überlebt, ist nach Berlin gegangen, macht dort Geschäfte. Einmal hat er Else Geld geschickt, seitdem hat sie nichts mehr von ihm gehört.

Else geht nicht darauf ein. Stattdessen sagt sie:

»Sie ist jetzt auch schon 30, es wird höchste Zeit für ein Kind.«

Anna nickt. Ja, Else hat Recht. Sie schaut auf die drei verbliebenen Schallplatten aus Tonis Sammlung, die an der Wand lehnen.

»Das schöne Grammofon«, seufzt sie. Und dann:

»Wie es Toni wohl geht?«

»Bestimmt besser als uns«, ist Elses prompte Antwort. Die Bitterkeit ist nicht zu überhören.

»Ach, Else.«

Als hätte Toni sich freiwillig in ein Abenteuer gestürzt und mit Kusshand ihre Heimat verlassen. Von der Wohnungstür her ist ein Kratzen und Maunzen zu hören. Anna steht auf, geht in den Flur und öffnet die Tür. Eine schwarzweiße Katze spaziert mit erhobenem Schwanz in die Küche.

»Habt ihr etwa eine Katze?«

»Nein, das ist die Mimi von den Nachbarn unter uns. Die sind nicht viel zu Hause. Sie fängt sich ihr Futter selbst, aber ich gebe ihr manchmal etwas Milch. Komm, Mimi! Zeig der Else mal, was du kannst.«

Anna verschränkt ihre Hände und bildet mit ihren Armen

einen Ring. Mimi lässt sich nicht lange bitten. Sie springt durch die vor sie gehaltenen Arme, dreht sich und springt zurück. Anna lächelt. In drei Monaten hat sie Mimi dieses Kunststückchen beigebracht. Sie stellt sich vor, wie ihr erstes Enkelkind sich bei dieser Vorstellung freuen wird. Als nächstes will sie Mimi beibringen, eine Garnspule von Fritz zurückzurollen.

*

Als es an der Wohnungstür klopft, fängt Annas Herz an zu rasen. Es ist ein kalter Morgen im Februar 1949. Fritz ist schon zur Arbeit gegangen. Sie hat keine Schritte im Treppenhaus gehört. Vielleicht eine Nachbarin, aber ihre Knie zittern, als sie die Tür öffnet.

Ein Schwall widerlicher Ausdünstungen schlägt ihr entgegen. Ein abgezehrter Mann in Lumpen und blutigen Fußlappen steht vor ihr. Rasierter, schrundiger Schädel, hier und da ein paar Stoppeln.

»Mutter, ich bin es, Ernst.«

Ja, es ist seine Stimme. Sie muss sich am Türrahmen festhalten. Tränen laufen ihr übers Gesicht. Sie schaut ihn an, erkennt die Augen, die Nase. Was haben diese Augen gesehen?

»Lässt du mich rein? Ich stinke, ich weiß.«

Sie gibt die Tür frei, er kommt herein, lässt einen Rucksack auf den Boden fallen. Wie oft hat sie sich seine Rückkehr ausgemalt, wie sie ihm strahlend die Tür öffnet, ihn fest umarmt. Fast zehn Jahre sind vergangen. Davor gab es fast keinen Tag, an dem sie ihn nicht gesehen hat. Sie selbst wird im Sommer 60. Sie ist grau geworden, schon ein wenig krumm.

»Ernst!«

Und dann:

»Deine Füße!«

Er lässt sich auf einen Küchenstuhl fallen und stöhnt.

»Ich bin seit Wochen unterwegs, die Schuhe sind lange kaputt. Die Füße wird sich wohl jemand anschauen müssen. Hast du einen Kaffee? Eine Zigarette?«

Jetzt kommt wieder Bewegung in Anna. Sie läuft zum Herd – die Kaffeekanne ist noch halb voll. Sie greift nach einer Tasse im Küchenschrank. Sie schenkt ein. Gerade heute hat sie einen richtigen Bohnenkaffee gekocht. Sie öffnet das Fenster und nimmt die Milchkanne von der Fensterbank, gießt etwas Milch dazu und hält ihm den Kaffee entgegen. Er lächelt, schaut sich um, sieht sein Foto an der Wand. Er, mit 17, kurz nach seiner Gesellenprüfung.

»Das bin ich nicht mehr«, sagt er matt und nimmt einen Schluck aus der Tasse. Er richtet sich auf.

»Was habe ich mich auf einen richtigen Kaffee gefreut.«

Anna kann den Blick nicht von ihm wenden und doch kann sie seinen Anblick kaum ertragen.

»Ich mach dir die Zinkwanne mit heißem Wasser zurecht. Dann kannst du dich waschen.

Vater hat dir einen Anzug genäht. Er wird wohl zu weit sein. Ich leg dir alles hier in die Küche. Vielleicht passen dir ein Paar Schuhe von ihm.«

»Ich werde sicher erstmal keine Schuhe tragen können. Vielleicht Hausschuhe.«

Sie rennt ins Schlafzimmer. Holt ein Handtuch, Unterwäsche, Hemd und Socken von Fritz und den Anzug. *Was soll ich mit ihm reden? Was soll ich ihn fragen? Er ist so fremd.*

»Du hast eine kleine Nichte. Isabel. Sie ist ein liebes Kind. Sieht aus wie die Marie.«

Er nickt und schlürft den Kaffee.

»Schöner Anzug«, murmelt er. Dann, nach einem weiteren Schluck:

»Ich kenne mein Mainz nicht wieder. Alles ist kaputt. Ich hatte keine Ahnung, wie es hier überall aussieht.«

»Ja. Nichts ist mehr, wie es war. Ich habe nicht geglaubt, dass ich noch lebe, wenn du zurückkommst.«

Sie streicht zart mit der Hand über den grauen Wollstoff des Anzuges.

»Unterm Dach wohnt eine ehemalige Krankenschwester. Ich lauf schnell hoch und frag sie, ob sie sich später deine Füße anschauen kann. Vielleicht hat sie auch Verbandsmaterial.«

Sie ist froh, aus der Wohnung zu kommen. Er lebt, er kann gehen, die Füße werden heilen, sagt sie sich und hält sich am Treppengeländer fest.

Ernst verbringt in den kommenden Wochen viel Zeit in Ämtern. Er beantragt Lebensmittel- und Kleiderkarten. Er muss sich bei der Krankenkasse melden. Beim Standesamt einen Nachweis der Staatsangehörigkeit besorgen. Polizei. Arbeitsamt.

Er lässt sich vom Sozialverband für Kriegsversehrte wegen des Anspruchs auf eine Versehrtenrente beraten. Ein Arzt bescheinigt ihm, dass er aufgrund seiner Fußverletzung – mehrere kleine Granatsplitter befinden sich verkapselt im Gewebe – auf keinen Fall wieder als Kupferschmied arbeiten kann. Er empfiehlt einen sitzenden Beruf.

Schon zwei Monate später besucht er einen Steno- und

Schreibmaschinenkursus und beginnt eine Lehre bei einem Süßwarengroßhändler als Bürokaufmann.

Er schläft in der Küche seiner Eltern in Gonsenheim auf einem Feldbett, fährt früh am Morgen im guten Anzug auf dem Fahrrad zur Arbeit und kommt spät zurück. Er spricht kaum über die Zeit in Russland. Anna kann erst einschlafen, wenn sie hört, dass er in der Küche zu schnarchen beginnt. Manchmal kommt er erst gegen Mitternacht nach Hause.

»Mutter, ich bin 30 Jahre alt, auch wenn ich wieder Lehrling bin. Ich muss auch mal raus, einen Wein trinken gehen«, beschwert er sich, wenn sie nachfragt.

Er nimmt an Wettbewerben im Maschinenschreiben teil. Am Wochenende verschwindet er gleich nach dem Mittagessen. Anna befürchtet, dass eine Frau dahintersteckt. Fritz zuckt mit den Achseln, wenn sie ihn darauf anspricht.

»Er hat seine besten Lebensjahre im Krieg und in Gefangenschaft verbracht. Da darf er sich doch wohl ein bisschen amüsieren«, ist seine Antwort.

»Und wenn die Amüsiererei schneller als gedacht mit einem Kind endet?«

*

Im September 1949 wird Konrad Adenauer Bundeskanzler. Sein engster Vertrauter ist der Jurist und Mitverfasser der Nürnberger Rassengesetze, Hans Globke. Der Mann, der dafür gesorgt hat, dass jüdische Mitbürger sich Sara und Israel nennen mussten.

Im Frühjahr bringt Ernst das erste Mal Margot zum Kaffee mit nach Hause. Er hat sie bei einem der Wettbewerbe kennengelernt. Sie ist Stenotypistin, arbeitet bei einer Filmgesellschaft. Für ihren riesigen Blumenstrauß gibt es keine Vase, Anna stellt ihn in einen Eimer. Sie trägt den Marmorkuchen auf. Diese Margot mit ihrem eleganten Kleid, der raffinierten blonden Lockenfrisur, den teuren Pumps, empfindet sie wie einen Fremdkörper in ihrer kleinen Küche. Eine reservierte, selbstbewusste Frau, sogar etwas älter als ihr Ernst, das passt doch nicht. Ein paar Jahre hat sie in Nürnberg gearbeitet, seit drei Jahren ist sie zurück in Mainz. Ihr Vater war Schneider, ist lange tot, die Mutter, auch Schneiderin, hat den kleinen Betrieb in Saulheim übernommen.

Erleichtert, endlich ein Gesprächsthema gefunden zu haben, sprechen sie über Stoffe und Schnitte. Fritz erzählt von seiner Arbeit als Zuschneider in Wiesbaden. Der Nachmittag schleppt sich dahin. Anna ist froh, als die beiden sichtlich Verliebten einen Spaziergang machen wollen.

»Die sucht doch einen zum Heiraten!«, bricht es aus ihr heraus, als die Tür hinter den beiden ins Schloss gefallen ist.

»Ist schon 31. Was will die mit unserm Ernst? Der soll erst mal seine Ausbildung beenden und sich nicht gleich an die Erstbeste hängen. Hochnäsige Madam. Acht Näherinnen hat die Mutter!«

Als Margot im September zum Abendessen kommt, ist Anna sich beim ersten Anblick sicher, dass sie Recht behalten hat. Diese so unnahbare Stenotypistin ist schwanger. Der Abend verläuft schleppend. Gleich nachdem die Spätzle mit dem Gulasch aufgegessen sind, greift Anna nach dem Röhrchen mit den Spalttabletten aus der Küchenschublade, löst in einer alten Kaffeetasse zwei Tabletten auf und verkündet, dass sie furchtbare Kopfschmerzen habe.

Ernst wirft seiner Mutter einen bitterbösen Blick zu, sagt aber lediglich:

»Wir wollen sowieso noch in die Stadt tanzen gehen. Wir sind mit Margots Schwester und ihrem Freund verabredet.«

Beide stehen auf. Margot legt den Arm um Ernsts Taille, lächelt ihn an.

»Danke für das Abendessen, Frau Kramer. Es war köstlich. Die besten Spätzle, die ich je gegessen habe. Und gute Besserung.«

Und dann ist ihr Sohn ohne ein weiteres Wort mit seiner Geliebten weg.

Das nächste Mal sehen sie sich alle im März 1951 auf dem Standesamt. Margot trägt ein schwarzes Hochzeitskleid, die Schwangerschaft ist nicht zu übersehen.

»Was für ein schönes Paar«, freut sich Margots Mutter. Sie trägt einen Hut mit kleinem Schleier.

»Hoffentlich platzt die Fruchtblase nicht direkt hier«, flüstert Anna Fritz zu, während Margot die Heiratsurkunde unterschreibt.

Fritz tätschelt Annas Hand.

»Lass gut sein, Anna. Es ist halt passiert.«

Genau wie bei uns, denkt Anna. Nur dass in diesem Fall Margot die Schuldige ist. Erst dann fällt ihr ein, dass sie mit Fritz verheiratet war, als er ihr gleich ein Kind gemacht hatte. Ernst tut ihr leid. Noch nicht richtig im Beruf und schon Frau und Kind am Hals.

Margot will bald nach der Geburt weiterarbeiten, hat sie verkündet, ihr Gehalt wird gebraucht. Das Kind soll direkt in eine Krippe kommen. Und die beiden werden erstmal bei Ernsts Schwiegermutter wohnen. Eine eigene Wohnung können sie sich nicht leisten.

Marie, Isabel und Franz sitzen direkt hinter ihnen.

»Wieso hat die Tante Margot ein schwarzes Kleid an? Hochzeitskleider sind doch immer weiß!«, kräht Isabel in den Raum.

II

»Das Leben ist eine Tragödie, wenn man es
aus der Nähe betrachtet. Von Ferne gesehen
ist es eine Komödie.«

»Ein großer Vorteil des Alters liegt daran,
dass man nicht länger die Dinge begehrt,
die man sich früher aus Geldmangel nicht
leisten konnte.«

Charlie Chaplin

Im Juli 1977, kurz nach ihrem 88. Geburtstag, bei dem sie schon ihr Gulasch verschmäht hatte, starb unsere Oma nachts im Bett. Sie wollte nichts mehr essen, nichts mehr trinken, sie wollte gehen. Sie hatte genug.

Bei ihrer Beerdigung schrie unser Opa am offenen Grab:

»Anna, meine Anna!«

Er wollte hinterherspringen in die Grube. Mein Vater und mein Onkel hielten ihn zurück.

Es war kaum auszuhalten. Schlimmer als Omas Tod.

Danach, bei Streuselkuchen und Kaffee, Schnäpsen für die Herren und Likörchen für die Damen, wurde mir klar, dass unsere sowieso schon kleine Familie auseinanderfallen würde. Oma fehlte schon bei ihrer Beerdigung. Ihr Lachen, ihr Weinen, ihre Ermahnungen, ihre Weltbetrachtungen. Es war zum Heulen. Eine Ära ging zu Ende. Sie hatte uns zusammengehalten. Anna Kramer, geborene Rauscher, unsere anstrengende, aber niemals langweilige Matriarchin. Manisch-depressiv im Minutenwechsel, hat mein Vater mal gesagt.

Sie hat die gleiche Zeitspanne durchlebt wie Charlie Chaplin. 1889 bis 1977.

Genau wie er hat sie gewusst, was Armut bedeutet. Allerdings wurde ihre Leiche nach der Beerdigung nicht gestohlen, um Geld zu erpressen. Sie hat keins hinterlassen.

Lichter der Großstadt ist vermutlich der einzige Film von ihm, den sie im Kino gesehen hat. Sie hat immer wieder davon gesprochen. Sie liebte die Filmmelodie, versuchte, sie auf ihrer Mundharmonika zu spielen. Der Mundharmonika, die sie mir ein halbes Jahr vor ihrem Tod geschenkt hat.

»Sag's den anderen nicht.«

Die anderen sind mein Bruder und unsere Cousine Isabel.

Oma verstand den Künstler Charlie Chaplin. Die Trauer, die hinter den Clownereien des Tramps steckte. Dass er seiner dritten Ehefrau Oona acht Kinder machte, fand sie aber abstoßend, seine Vorliebe für sehr junge Frauen auch.

Sie hatten die gleiche Körpergröße: 165 cm. Steht in ihrem alten Pass, der schon lange abgelaufen ist.

Seit Jahren hatte sie die Wohnung nicht mehr verlassen. Opa machte die Einkäufe. Sie gab ihm das Geld, kontrollierte die Kassenzettel, zählte das Wechselgeld nach. Er kochte. Sie saß in ihrem Korbstuhl in der kleinen Wohnküche, die Füße auf einem Holzschemel, und gab ihm Anweisungen.

»Fritz! Die Nudeln müssen abgegossen werden.«

Meine Großeltern sind die einzigen Menschen, die ich kenne, die nie in ihrem Leben ein Wohnzimmer besaßen. Immer nur Wohnküchen.

Zuletzt ging sie mir bis zur Schulter. Sie hatte bestimmt mehr als zehn Zentimeter eingebüßt. Ich war erschrocken, als ich das feststellte. Sie musste bei einem meiner wöchentlichen Besuche ins Bad. Sie hangelte sich von Tisch zu Küchenschrank und stützte sich dann an der Wand ab. Hilfe lehnte sie ab. Einen Stock zu benutzen war unter ihrer Würde.

»Kind, ich werde nicht alt. Ich sterbe bald.«

Da war sie fast 88.

Diesen Satz von ihr kannte ich schon immer. Und doch. Ich dachte, gerade deswegen würde sie ewig leben.

Habe ich sie geliebt? Ich bin mir nicht sicher, da war auch immer eine gewisse Scheu. Man wusste nie, welches Thema sie gleich aus dem Hut zaubern würde. Ich war oft unangenehm berührt von ihren Tränen, die in kurzen Abständen kamen und gingen. Ihre Meinungen hatten etwas Absolutes, diskutieren war unmöglich.

»Zucker ist Nervennahrung!«, sagte sie und legte zwei Stücke Würfelzucker vor einen hin.

»Fleisch hält Leib und Seele zusammen!«

Also säbelte ich mir Stückchen für Stückchen vom Steak runter, das bei ihr nur mit Zwiebeln und Brot auf den Tisch kam. Zum Gulasch gab es Kartoffeln oder Nudeln. Das halbe Hähnchen kam allein zurecht. Spargel war das einzige Gemüse, das bei ihr serviert wurde. Mit einer dicken Scheibe Kochschinken. Das Fleisch wurde immer bei einem guten Metzger gekauft, das durfte etwas kosten.

Sie war keine warmherzige Frau, die ihre Enkel umarmte und küsste. Sie lobte uns nicht, bewunderte niemals unsere Zaubertricks. Kam man zu Besuch, tippte sie mit dem Zeigefinger auf ihre Wange. Dort war der Begrüßungskuss zu platzieren, mehr war nicht.

Die gleiche Prozedur beim Abschied. Dann holte sie einen Geldschein aus ihrem Portemonnaie und flüsterte den Standardsatz:

»Sag's den anderen nicht.«

Sie gab einem damit das Gefühl, dass man mehr geliebt wurde als die anderen. Die anderen Enkel, die eigenen Kinder.

Für mich war sie immer alt. Sie trug Kleider in gedeckten Farben, die wie ein Sack an ihr hingen. Immer einen Herrenschnitt, die dünnen grauen Haare einfach nach hinten gekämmt. Klobige Altfrauenschuhe. Eine Perlenkette hoch am Hals. Das Wort Ausschnitt in Bezug auf Kleidung spielte für sie keine Rolle. Selbst im heißesten Sommer nicht.

Meine erste Erinnerung an sie ist, wie sie mir die Kunststückchen zeigt, die sie einer Katze beigebracht hatte. Da war ich höchstens drei Jahre alt. Die Katze gehörte ihr nicht, sie kam immer zu Besuch. Oma verschränkte ihre Hände und ließ sie durch den dadurch gebildeten Ring springen. Sie rollte eine Garnspule über den Küchenboden, die Katze rannte los und rollte die Spule zurück.

Ich versuchte es auch, aber die Katze sprang nie durch meine Arme. Mit der Garnspule hatte ich mehr Glück.

Ich verbrachte viel Zeit bei ihr, blieb auch oft über Nacht. Meine Eltern arbeiteten beide, mein Bruder war noch nicht geboren. Opa war bereits im Rentenalter, trotzdem arbeitete er noch halbtags in Wiesbaden.

Traf Oma irgendwelche Leute, sagte sie mit dünkelhafter Herablassung:

»Mein Mann ist Schneidermeister!« oder: »Wir hatten ein Juweliergeschäft!«

Opa hat nie seinen Meister gemacht, nie ein Geschäft eröffnet, er war Zuschneider in einer Fabrik.

Zum Frühstück gab es immer ein Ei. Und Milch. Pasteurisierte Milch, die sie stur wie früher abkochte und abkühlen ließ. Sie schmeckte widerlich. Ich musste sie trinken. Aus der Porzellantasse mit den kleinen Blümchen. Es dauerte Jahre, bis sie auf Druck meiner Mutter Kaba kaufte.

Eines Morgens, ich löffelte gerade mein Ei, erzählte sie mir stolz:

»Kind, früher musste Opa dir immer die Nase zuhalten, bis du den Mund aufgesperrt hast, und dann hat er dir schnell den Löffel mit Ei in den Mund geschoben. Man muss jeden Tag ein Ei essen, das ist gut für den Körper, gerade im Wachstum!«

Ihre Stimme klang so, als müsste ich ihr ewig dankbar sein.

Früher, das war die Zeit, als meine Eltern noch keine eigene Wohnung hatten, bei meiner anderen Oma im Wohnzimmer auf dem Sofa schliefen. Diese Oma konnte schreiende Babys nicht ertragen, deshalb lebte ich ein paar Wochen ganz bei Oma und Opa Kramer, bis meinem Vater eine Betriebswohnung bewilligt wurde.

Oma kaufte in der Apotheke Calcipot für mich. Nach Kakao schmeckende Kautabletten, die in Rollen zu je zehn Stück in Stanniolpapier verpackt waren. Gut für die Knochen. Die Tabletten schmeckten fast ein wenig wie Schokolade. Da gab es keine Probleme, von denen naschte ich immer wieder mal eine zwischendurch. Auch das Sanostol aus den braunen Flaschen, das sie mir gegen Rachitis kaufte, schmeckte schön süß.

Später verbrachte ich oft einen Teil der Sommerferien, gemeinsam mit meinem Bruder, bei Oma und Opa. Sie waren umgezogen, wohnten jetzt in einer Villa um die Ecke in der Maler-Becker-Straße. Sie hatten keine abgeschlossene Wohnung, nur zwei Räume rechts und links der Treppe. Unterm Dach. Rechts von der Treppe war die Küche mit einem winzigen Stübchen dahinter. Da war nur Platz für eine

Liege, Opas Nähmaschine und den Fernseher auf einem Rollgestell. Der wurde in die Türöffnung gezogen, wenn interessante Sendungen kamen. *Was bin ich?* mit Robert Lembke. Sendungen mit Peter Frankenfeld, Kulenkampff. Wir saßen dann in der Küche am Tisch und schauten fern. Zu Hause besaßen wir noch kein Fernsehgerät. Kein Geld.

Links der Treppe ging es zum Schlafzimmer. Vor dem Fenster standen große dunkle Tannen, das war unheimlich. Geradeaus war der Trockenboden der Hausbesitzer, der mitbenutzt werden durfte. Badezimmer und Toilette waren ein Stockwerk tiefer, aber unangenehmerweise auch nur zur Mitbenutzung. Immer musste man lauern, ob frei war. Für die Nacht stand ein Emailtopf bereit, gewaschen wurde sich in Omas Küche.

Zu Hause hatten wir ein eigenes Bad, wir fanden es peinlich, uns am Küchenausguss zu waschen und einen Nachttopf zu benutzen.

Gleich nach dem Frühstück verschwanden wir in den Wald, bauten Hütten, sammelten Haggele für den Küchenofen oder Brombeeren. Nach dem Mittagessen mussten wir ruhen, bevor wir wieder bis zum späten Nachmittag rumstrolchten.

Dann spielten wir Mensch ärgere Dich nicht, Halma oder Canasta bis zum Abendessen.

Oma belegte Graubrot mit Hartkäse oder Schmierwurst, schnitt uns mundgerechte Häppchen, als wären wir Babys, und las aus der Bildzeitung vor, bevor der Fernseher angeschaltet wurde.

Jedes Thema war recht, um uns Lehren für das Leben zu erteilen. Der Tod der Prostituierten Rosemarie Nitribitt in Frankfurt wühlte sie sehr auf.

»Das passiert, wenn man unehelich geboren wird. Im offenen Mercedes ist die durch Frankfurt gefahren. Stellt euch das mal vor! Ihr lernt mal einen ordentlichen Beruf!«

Verschwand irgendwo ein Kind, dann schluchzte sie:

»Steigt mir bloß zu niemand ins Auto! Die Leute sind schlecht.«

Gewann jemand aus der Gegend groß im Lotto, schrie sie vor Freude auf, als wäre sie auch bald an der Reihe und kramte nach ihrem Dauertippschein. Sie warnte uns vor der *Gelben Gefahr*, aber wir wussten nicht recht, wie wir ihr entrinnen könnten. Manchmal stellte sie das Tefifon an, eine Musiktruhe, in die riesige Tonbänder mit Operettenmusik oder Volksliedern eingelegt wurden. Sie und Opa sangen oft mit, beide mit Tränen in den Augen. Ab und zu spielte sie Mundharmonika. *Am Brunnen vor dem Tore, Ännchen von Tharau.*

Später schlief ich im Doppelbett in der Ritze zwischen den Großeltern, und mein Bruder auf einer Liege unter der Dachschräge.

Im Frühling gingen wir Jahr um Jahr mit Oma auf die Mess´ am Halleplatz. Sie kaufte uns Nappo und Magenbrot, und wir durften ein paar Runden auf einem eher gemütlichen Karussell drehen. Sie liebte die Vorführungen der Haushaltswarenverkäufer mit ihren Raspeln und Reiben, kaufte gerne irgendeinen Schnickschnack, der sich dann zu Hause als völlig überflüssig herausstellte und für immer in einer Schublade landete.

Als wir kleiner waren, gab es noch einen Flohzirkus und einen Wohnwagen, der an einer Seite verglast war und in dem man die Liliputaner beim Kaffeetrinken beobachten konnte.

Wir glaubten, dass diese kleinen Menschen von einer fernen Insel oder einem weit entfernten Kontinent stammten und pressten unsere Gesichter an das Glasfenster.

Am sogenannten *Mantelsonntag* – wenn in Mainz ein katholischer Feiertag und in Wiesbaden normaler Werktag war, fuhr sie mit mir zu C&A nach Wiesbaden und kaufte mir eine Strickjacke oder eben einen neuen Wintermantel. Für sich selbst kaufte sie höchstens mal ein Paar dicke Wollstrümpfe oder ein neues Mieder. Das konnte dann dauern.

Das Schöne an den Einkaufsfahrten mit ihr war, dass die neu erworbenen Kleidungsstücke die richtige Größe hatten. Zu Weihnachten schenkte sie mir und meinem Bruder fast immer Schlafanzüge, die drei Nummern zu groß waren.

»Man muss praktisch denken!«, war ihre Erklärung.

Sie glaubte wohl, dass wir jahrelang mit aufgekrempelten Ärmeln und Hosenbeinen schlafen würden.

Nach dem Kaufhausbesuch gingen wir ins Café Maldaner. Ich durfte mir an der Kuchentheke aussuchen, was ich wollte. Sie erzählte von der Kaiserzeit, vom Hunger nach dem Krieg, ihrem im Schützengraben verschütteten Bruder, nach dem unser Vater benannt war, von Else, die auch aus Schwäbisch Gmünd stammte, von den Bombenangriffen.

Ich musste nur nicken, ich kam sowieso nicht hinterher. Nur bei sehr konkreten Warnungen erwartete sie eine eindeutige Zustimmung.

»Kind, wenn du in die Disco gehst, dann nimm dein Getränk immer mit auf die Tanzfläche. Die Kerle schütten dir sonst was rein, um dich gefügig zu machen!«

»Oma, ich bin elf, ich darf in keine Disco.«

Wenn sie von Ernst oder ihrer Freundin Toni sprach, dann nie ohne Tränen.

»Das schöne Grammofon, die herrlichen Schallplatten! Ach, die Toni. Ob sie noch lebt?«

Diesen Satz nahmen mein Bruder und ich in unsere Familienparodien auf, die wir, wenn die Eltern zur Arbeit oder im Theater waren, nur für uns aufführten. Wir genehmigten uns einen Eierlikör aus dem beleuchteten Barfach, setzten Hüte unserer Mutter auf und schrien vor Lachen, tanzten um die klobigen Sessel im Wohnzimmer herum.

Wir kreischten mit Tränen in den Augen:

»Die Nitribitt. Die Nitribitt. Kinners, lernt einen ordentlichen Beruf.«

»Ihr wisst gar nicht, was Hunger ist!«

»Euch werd ich Mores lehren!«

Wir holten uns einen Würfelzucker, legten ihn auf einen Teelöffel, träufelten 80-prozentigen Stroh-Rum darüber und schluckten das brennende Zeug.

»Zucker ist Nervennahrung!«

Wir zerrten die Stofftiere von unseren Betten, schleuderten sie herum und riefen:

»Unser Herrgott hat ein großes Tierreich!«

Wenn eines zufällig im Lampenschirm landete, warfen wir die anderen hinterher.

Wir sangen *So ein Tag, so wunderschön wie heute*, bis wir nicht mehr konnten und uns aufs Sofa fallen ließen.

Wirklich schön waren die Ausflüge zu Omas Geburtstag im Juli.

Am späten Vormittag ging es los. Mit zwei vollbepackten

Autos ins Grüne. Mein Vater fuhr einen Kombi, wir Kinder saßen hinten auf der Ladefläche und hielten uns bei dem kurvigen Geschaukel an den hinteren Sitzbänken fest. Richtung Katzenelnbogen, Bad Schwalbach oder anderer Orte an der Wisper. Wir folgten einem Feldweg, bis ein sonniges Plätzchen gefunden war, und richteten uns ein.

Klappstühle, Liegen, Campingtisch, Sonnenschirme wurden aufgestellt, dann die Thermoskannen mit Kaffee, Kuchenplatten mit Obstkuchen, Kühltaschen mit Kartoffelsalat und kalten Schnitzeln in den Schatten gestellt. Bälle, Federballspiele, Sonnenmilch, alle möglichen Kappen und Hüte aus dem Kofferraum gezerrt.

Tante Marie cremte sich nur mit Piz Buin oder Tiroler Nussöl ein. Das roch besser als unsere Sonnenmilch von Nivea.

Viele Jahre waren wir zu neunt: Oma, Opa, ihre Kinder und Enkel. Später kam Isabels Freund und dann bald ihr erstes Kind dazu. Wir Kinder stromerten durch die Gegend, spielten Verstecken, suchten Himbeeren. Wir blieben in Rufweite, damit wir die Mahlzeiten nicht verpassten. Oma thronte auf ihrem Campingstuhl und beobachtete ihre Nachkommen, ein winziges Strohhütchen auf dem Kopf. Natürlich vom Huthaus am Dom – woanders kaufte sie nicht. Selbst im Hochsommer trug sie ein Wollkleid und ihre schwarzen Schnürschuhe. Dass sie Luft an ihre Füße ließ, war undenkbar.

Etwas übermütig zogen wir Oma auf:

»Oma, zeig uns mal deine Fußzehen! Bitte, Oma!«

Wir wussten von ihr, dass sie sehr krumme Zehen hatte und sich deswegen schämte.

»Euch werd ich Mores lehren!«, drohte sie lächelnd mit dem Zeigefinger.

Die Erwachsenen spielten ein wenig lustlos Federball, um sich dann endlich über die Kuchen herzumachen.

Am späten Nachmittag wurde zusammengepackt. Jetzt steuerte der Ausflug auf den Höhepunkt zu. Ein reservierter Tisch in einem Weinhaus in Rauenthal.

Oma liebte den Rheingau, den Ausblick auf die Weinberge rundum. Sie kannte das Lokal schon von früher. Sie saß am Kopf des Tisches, ihre Handtasche mit dem Portemonnaie auf dem Schoß, und bestellte Spundekäs mit Brezeln, Hausmacher Wurst und drei Flaschen Riesling.

Oft wurden an einem der Nachbartische Rheinlieder angestimmt und sofort sang das ganze Lokal mit. *Einmal am Rhein. Wenn das Wasser im Rhein goldner Wein wär. Die Frau Rauscher aus der Klappergass*. Wir Kinder saßen verlegen dabei, besonders in den späteren Jahren, als wir schon unser Taschengeld für Platten von den *Supremes* oder *Beatles* sparten. Wenn alles verzehrt war, bezahlte Oma, gab ein großzügiges Trinkgeld, wies uns darauf hin, dass man das so mache, wenn man zufrieden war, und dann gab es nur noch die Heimfahrt.

Oma und Opa Fritz wurden zuerst zu Hause abgesetzt. Sie bekamen einen Kuss auf die Wange, und wir bedankten uns artig für den schönen Tag. Auch wenn Oma das so erwartete: Das meinten wir immer ernst.

Überdreht, verschwitzt von der Sonne, mit verkratzten Armen von den Brombeerhecken fielen wir ins Bett und schliefen sofort ein.

Oma hat uns gezeigt, wie man, auch ohne wohlhabend zu sein, einen schönen Tag verbringen kann. Dass man nicht immer knausern muss, dass manchmal das Geld fließen sollte. Die Sehnsucht nach Ausflügen mit vertrauten Menschen, mit denen man einen ganzen Tag verbringt, am Ende gemütlich einkehrt, zufrieden ins Bett fällt, die hat sie in mir hinterlassen.

Im Laufe der Jahre wurde Oma immer sonderbarer. Paranoid, sagte mein Vater. Und:

Sonderbar war sie schon immer. Sie hat früher schon unter Betten geschaut, um sicher zu sein, dass niemand drunter lag.

Sie ging kaum noch auf die Straße. Sie behauptete, dass die Hausbesitzer in ihre Küche oder ins Schlafzimmer gingen, sobald niemand zu Hause wäre. Sie zeigte mir Stellen mit abgeplatztem Email in ihren uralten Kochtöpfen.

»Die haben da Säure reingeschüttet«, empörte sie sich.

Beim nächsten Besuch holte sie ihr rosa Bettjäckchen aus dem Schlafzimmer.

»Hier guck! Löcher haben sie mir reingeschnitten.«

Den Einwand, dass es vielleicht auch Mottenlöcher sein könnten, ließ sie nicht gelten.

Das Treppensteigen fiel ihr immer schwerer. Es war Zeit für eine Wohnung mit eigenem Bad und einem Aufzug.

Mein Vater fand eine kleine Wohnung für sie. In Mainz, in Bahnhofsnähe. Wohnküche, Bad und Schlafzimmer. Die zwölf Quadratmeter große Küche war fast zugestellt von einem Tisch auf Rollen. Mindestens drei Wachstuchdecken bedeckten die verkratzte Linoloberfläche. Kurz vor dem Umzug hatte Oma behauptet, der Küchentisch wäre über Nacht höher geworden. Opa musste die Beine etwas kürzen. Opa war Schneider, kein Tischler. Er sägte, der Tisch wackelte. Er sägte weiter, der Tisch wurde zusehends zu einem

Couchtisch. Mein Vater beendete das Drama, indem er Rollen anbrachte, was Oma sehr praktisch fand. Der Tisch ließ sich jetzt für Familienfeiern ohne körperliche Anstrengungen vor das Sofa, in die Mitte der Küche ziehen.

Obwohl Oma weiterhin – außer wenn sie zu Familienfeiern abgeholt wurde – nicht aus dem Haus ging, freute sie sich, endlich wieder in der Stadt zu wohnen.

Sie las uns weiter aus der Bild-Zeitung vor, regte sich über die Hippies, die Pilzköpfe und Franz Josef Strauß auf.

Opa fand schnell eine neue Strecke für seinen täglichen Spaziergang. Durch die Stadt, zum Rhein, bis zur Eisenbahnbrücke und zurück.

Wenn er zurückkam, spielten sie Mensch ärgere Dich nicht oder Würfelspiele bis zum Abendbrot. Dann schauten sie die Tagesschau und das, was das erste oder zweite Fernsehprogramm zu bieten hatte.

Einen Tag werde ich sicher niemals vergessen.

Zu Omas 75. Geburtstag befanden sich elfeinhalb Personen in der Küche. Oma, Opa, meine Eltern, mein Bruder, Tante Marie, Onkel Franz, meine Cousine Isabel mit ihrem Mann Roland, ihr erstes Kind Rudi und ein weiteres Baby im Bauch meiner Cousine, die nicht mal 20 Jahre alt war.

Am ersten Baby war Opa schuld. Onkel Franz und Tante Marie verreisten für eine Woche nach Meran und ließen meine Cousine, die mitten in der Ausbildung steckte, mit Opa als Aufpasser in ihrem Haus zurück. Das lief gründlich schief, und die künftigen Großeltern waren außer sich. Oma war es gar nicht recht gewesen, dass Opa eine Woche in Finthen einquartiert worden war, allein hatte sie Angst in der Nacht, konnte nicht schlafen. Und dann die Schande. Der

Nachbarsjunge Roland war jede Nacht rübergekommen, Opa schlief selig und bekam nichts mit.

Oma thronte wie immer am Kopf der Tafel. In ihrem Korbstuhl, die Füße auf dem Holzbänkchen, ihre schwarze Handtasche mit dem schweren Schnappverschluss auf dem Schoß.

»Ernstsche, nimm dir noch einen Amerikaner!«, forderte Oma mit ihrer leicht schrillen Stimme meinen übergewichtigen, fast 45-jährigen Vater auf.

Mein Bruder schlang gerade das fünfte Stück Bienenstich herunter und ignorierte die bitterbösen Blicke unserer Mutter. Wir sollten woanders nicht gierig sein, damit niemand dächte, wir bekämen zu Hause nicht genug zu essen.

Auf dem Herd blubberte Omas Gulasch, von Opa gekocht. Ich betrachtete, an einer Rosinenschnecke knabbernd, die Ansichtskarten, die an den Scheiben des Küchenschranks steckten. Plötzlich hörte ich Oma streng meinen Namen quer über den Tisch rufen.

»Monilein. Am besten nimmst du mal einen Beamten – da bist du immer versorgt!«

Ich lief über und über rot an und antwortete empört:

»Oma, ich bin dreizehn. Und ich dachte, ich soll gar nicht heiraten!«

Tante Marie kicherte nervös und begann, den Tisch abzuräumen. Onkel Franz wollte immer schnell wieder nach Hause. Je schneller das Gulasch auf den Tisch kam, desto besser.

»Ernstsche, mach mal den Wein auf!«, kommandierte Oma.

Meine Mutter holte die Gläser aus dem Schrank, kurz darauf wurde angestoßen. Während die Nudeln kochten, griff Oma das Thema Männer wieder auf. Vor ein paar Wochen hatte Oma mich gebeten, herauszufinden, wo eine alte Bekannte von ihr wohnte, mit der Opa angeblich etwas hatte. Er käme immer später von seinem Nachmittagsspaziergang zurück, außerdem fehlten Flaschen mit Eierlikör und Cognac aus dem Schlafzimmerschrank. Die würde er »ihr« mitbringen. Sie versprach mir 20 Mark, wenn ich Opa nachspionierte. Sie sparte nicht mit »Kosenamen« wie Dreckskerl und Sauschwab, mit denen sie Opa bedachte.

Ich wollte mir das Geld nicht verdienen, hielt die Sache in der Schwebe. Ich konnte mir nicht vorstellen, dass ein alter Mann eine Geliebte hatte. Ich wollte nicht wissen, ob mein Opa eine Geliebte hatte.

Die Nudeln waren fertig. Meine Mutter und Tante Marie standen sich am Herd gegenseitig im Weg und versuchten, Gulasch und Nudeln gerecht zu verteilen. Onkel Franz streckte seinen linken Arm halb unter den Tisch und schaute auf seine Armbanduhr, meine Cousine lehnte sich müde an ihren Ehemann, der bisher kaum ein Wort gesprochen hatte.

Opa leerte zügig sein Weinglas, mein Vater schenkte ihm und sich selbst nach.

Wir wünschten uns alle einen guten Appetit. Wir konzentrierten uns auf das Essen. Das Gulasch schmeckte, wie es immer schmeckte. Und mitten in das träge Löffeln – es gab immer nur Löffel, wegen der Soße, posaunte Oma über den ganzen Tisch:

»Ich weiß, dass der Saukerl fremdgeht. Mit der Hilde. Seit Jahren schon. Mir kann man nichts vormachen.«

Mein Bruder verschluckte sich, musste husten. Tante Marie schaute alarmiert ihren Mann an.

»Mutter, lass gut sein, das ist absurd«, sagte mein Vater

beschwichtigend und hob sein Glas. Meine Mutter und Tante Marie taten es ihm nach. Opa saß kreidebleich auf seinem Stuhl, sagte kein Wort.

»Kommt, Kinder, heute wird gefeiert. Oma, auf dein Wohl!«, prostete meine Mutter angestrengt lächelnd ihrer Schwiegermutter zu.

Oma war nicht zu bremsen.

»Was wisst ihr denn schon?«

Ihre Augen blitzten dunkel durch die runden Brillengläser.

»Er klaut Eierlikör und Cognac aus dem Kleiderschrank und bringt ihr die Flaschen als Geschenk. Bestiehlt seine eigene Frau, um bei dieser Hure Eindruck zu schinden!«

Ihre Stimme bebte, aber Oma wirkte eigenartig zufrieden. Roland, der Mann meiner Cousine, wirkte zum ersten Mal richtig wach und betrachtete fasziniert meine keifende Oma.

»Der Schrank ist doch immer abgeschlossen, oder?«, fragte Onkel Franz sachlich.

Jeder in unserer Familie wusste, dass Oma die Schlüssel für den riesigen Kleiderschrank, der im Schlafzimmer eine ganze Wand verstellte, sodass man kaum die Tür von der Küche aus richtig öffnen konnte, in ihrer Handtasche aufbewahrte. Seit Jahren schon. Und die Handtasche stand entweder auf Omas Schoß oder lag mit ihr im Bett. Wenn Opa etwas aus dem Schrank brauchte, musste er sie bitten, den Schrank aufzuschließen. Wir lachten darüber, zogen Oma damit auf, Opa lachte meistens mit. In diesem Schrankmonster befand sich natürlich die Kleidung meiner Großeltern, aber Oma hortete darin auch Schokoladensonderangebote, Anisplätzchen, sämtliche Geburtstags- und Weihnachtsgeschenke, die sie selbst bekam, und besagte Spirituosen.

Der kleine Rudi war aufgewacht und fing sofort an zu

schreien. Sein Kinderwagen stand im Schlafzimmer, vor dem Ungetüm von Schrank. Meine Cousine schaute genervt ihren Roland an, aber der reagierte nicht. Also stand sie auf und ging mit Rudi ins Schlafzimmer.

»Natürlich die Hilde, dieses blöde Weibsstück. Sie war schon immer hinter ihm her. Da schleppt er unser Geld hin, kauft ihr bestimmt noch Blumen zum Eierlikör. Ich hätte nie heiraten sollen!«

Sie hörte nicht auf. Ihre Wangen schimmerten rosa.

»Nach 60 Jahren! Herrgott noch mal Mutter, das fällt dir aber spät ein!«

Mein Vater tupfte sich die Stirn mit einem Stofftaschentuch.

Plötzlich sprang Opa auf, sein Weinglas fiel um, meine Tante schnappte nach Luft. Er entriss Oma die Tasche. Er schob Teller beiseite, wobei noch zwei Gläser umkippten und schüttete den gesamten Inhalt der Tasche auf die Wachstuchdecke. Schlüssel an Garnrollen, eine Flasche 4711, ein Röhrchen Spalttabletten, Taschentücher. Er griff sich einen Schlüssel, stürzte ins Schlafzimmer. Meine Cousine, den weinenden Rudi auf dem Arm, sprang beiseite, um nicht umgerannt zu werden. Wir hörten ihn rumoren. Er schien sämtliche Türen zu öffnen und den Schrankinhalt auf den Boden zu zerren.

Mein Herz schlug wie wild.

Meine Mutter wischte den verkippten Wein auf. Ansonsten war es sehr still am Tisch, bis auf das schmatzende Saugen von Rudi. Opa kam mit mehreren Flaschen auf dem Arm in die Küche zurück. Er war sehr rot im Gesicht. Ich bekam es mit der Angst zu tun. Wenn er jetzt tot umfiel!

Er knallte die Flaschen auf den Tisch und brüllte:

»Hier, dein Scheißeierlikör und der Cognac!«

Sofort rannte er zurück ins Schlafzimmer. Keiner traute sich, ihn aufzuhalten.

In die Stille hinein fragte Tante Marie:

»Sollen wir nicht ein wenig Musik auflegen?«

»Tolle Idee!«, flüsterte mein Bruder mir zu.

Und dann regnete es Hundertmarkscheine. Opa warf ein ganzes Bündel auf den Küchentisch.

»Du alte Hexe. Versteckst Geld im Schrank, von dem ich nichts weiß! Hier, hier! Bedient euch!«

Opas Stimme überschlug sich. Mein Vater klopfte ihm beschwichtigend auf den Rücken.

»Lass gut sein jetzt! Setz dich wieder hin! Keiner glaubt die Sache mit der Hilde.«

Opa ließ sich auf seinen Stuhl fallen. Er sah uralt aus. Oma und Opa schauten sich nicht an. Es begann eine allgemeine Geschäftigkeit. Die Scheine wurden eingesammelt, das Geschirr gespült und weggeräumt. Meine Mutter räumte den Kleiderschrank wieder ein.

Ziemlich bald darauf gingen wir alle nach Hause. Auf der Heimfahrt berichtete meine Mutter, dass der gefütterte Fußsack, den Oma vor Jahren wegen ihrer kalten Füße unbedingt haben musste, unbenutzt im Schrank stand. Noch halb in Weihnachtspapier verpackt.

Über die Sache fiel nie wieder ein Wort von Oma. Hilde wurde auch nicht mehr erwähnt.

Wenn ich heute an Oma denke, dann sehe ich sie mit ihrer Blümchentasse, wie sie zwei oder drei Spalttabletten mit einem abgeschabten Hornlöffel auflöst. Vorbeugend gegen

110

eventuelle Kopfschmerzen, ausgelöst durch die Anwesenheit ihrer Liebsten.

Ich sehe ihren kleinen Finger, der beim Halma-Spielen schnell eine ihrer Spielfiguren in eine bessere Position schiebt.

Ich sehe sie mit ihrer Handtasche auf dem Schoß bei Geburtstagsfeiern sitzen.

Ich sehe sie mit einer Riesentüte voller Plunderstückchen und Amerikanern von ihrem Lieblingsbäcker, die sie meiner Mutter bei jedem Besuch in die Hand drückte, obwohl meine Mutter, eine exzellente Kuchenbäckerin, immer mindestens zwei frischgebackene Kuchen oder Torten bereitstehen hatte.

Ich höre ihre Stimme, die mich warnt: »Kind, am besten heiratest du nie.«

Ich höre ihre Stimme, die *17 Jahr, blondes Haar* oder *Mit 17 hat man noch Träume* anstimmt.

Sie hebt ihr Weinglas und sagt: »Kinners, trinkt! So jung komme mer nit mehr zusamme.«

Und dann singen wir alle *So ein Tag, so wunderschön wie heute*, und Oma wischt sich die Tränen aus den Augen.